KB109504

내일도, 처음처럼

내일도, 처음처럼

초판 1쇄 인쇄 | 2023년 6월 15일
초판 1쇄 발행 | 2023년 6월 20일

지은이 | 박영욱
펴낸이 | 박영욱
펴낸곳 | ㈜북오션

주　소 | 서울시 마포구 월드컵로 14길 62 북오션빌딩
이메일 | bookocean@naver.com
네이버포스트 | post.naver.com/bookocean
페이스북 | facebook.com/bookocean.book
인스타그램 | instagram.com/bookocean777
전　화 | 편집문의: 02-325-9172　영업문의: 02-322-6709
팩　스 | 02-3143-3964

출판신고번호 | 제 2007-000197호

ISBN 978-89-6799-763-2 (03810)

내일도, 처음처럼

박영욱 자전 에세이

북오션

이 책은

출판기획자에서 출판사 대표로

그리고 유튜브 채널 〈쏠쏠TV〉 운영자로

지금은 콘텐츠 IP 수집가가 된 나의

1998년 4월 16일에서 2023년 4월 15일까지의 기록이다.

| 추천사 |

죽을 때까지 책 1,000권
내겠다던 열정, 그는 멋졌다

"죽을 때까지 책 1,000권을 출판할 겁니다. 되든 안 되든, 잘 팔리든 안 팔리든 매주 한두 권씩 낼 겁니다."

10여 년 전 처음 만났을 때, 그는 참으로 씩씩했다. 기자 대 출판사 사장으로 첫 대면을 했는데, 첫마디가 인상적이었다. 기자를 천직으로 알고 있던 나로서는 프로다운 그가 마음에 들었다. 안면을 트는 순간, 사명감을 명함 내밀듯이 건네주는 이는 드문 법이다. 웬만한 내공과 자신감이 없으면 못 할 일이다. 당돌해 보이는 그와 금방 친해진 것은 이 때문일 것이다.

정도 출판을 걷겠다는 그와는 처음부터 죽이 맞았다. 같이 술잔을 기울였고, 의기투합해 책을 만들었다. 그렇게 인연을 맺은 이가 바로 이 책의 작가인 박영욱 대표(북오션 출판사)다. 박 작가는 내 은인이기도 하다. 기자로서 30년 가까이 일했고 어찌어찌하다 보니 지금은 언론사 임원이 됐지만, 그전에 'Book 세계'에 입문시켜 준 이가 박 작가다.

고졸 신화를 다룬 책을 낸 것도 박 작가의 권유가 계기가 됐고 바둑 책·골프 책을 집필하게 된 것도, 특히 전문적으로 글을 쓰는 사람들도 쉽지 않은 시집 출간을 응원해 준 이도 바로 그다. 매일 아침 박 작가에게 문안 전화를 드려도 다 갚지 못할 선물을 듬뿍 받았다고 나는 믿는다.

5월 초 어느 날, 그에게 메일이 왔다. 에세이를 내는데 추천사를 써 달라고 했다. 책 제목이 '내일도, 처음처럼'이다. "박 사장답군." 처음 떠오른 생각은 그랬다. 그동안 '숨겨온 필력'을 작정하고 일필휘지로 구사했는데, 초심을 강조한 것을 보니 역시 한결같은 사람이다.

앞서 책 1,000권 출간 목표를 얘기했지만 사람에 대한 태도, 일에 대한 방향성, 인생 철학 등 삶의 수많은 스펙트럼에서 줄곧 초심으로 버텨온 이가 바로 그다. 그러니 그의 삶이 녹은 글감이 전혀 낯설지 않게 다가온다.

추천사를 쓰는 지금은 5월 중순. 동네 초등학교 골목과 기다란 주택가 담장엔 빨간 장미가 한껏 자태를 과시한다. 이상한 말같이 들리겠지만, 박 작가는 '장미' 같은 사람이다. 빨간 장미의 꽃말은 '열렬한 사랑'이다.

출판업계에 몸을 담은 지 27년. 검사를 하고 싶다가 문학평론가를 꿈꾸다, 출판계에 적을 둔 이후로 그는 묵묵히 출간에만 전념해 왔다. 포기할 수 없는 정열로 매일 좋은 책을 내기 위해 줄기차게 달려온 그 사람을 나는 안다. 장미의 폭발적 열정처럼 그 역시 뜨겁게 살았다.

장미에 빗댄 것은 아마 그의 내면의 소년 같은 착함 때문이리라. 장미가 온몸을 가시로 무장한 것은 위협이 아니고, 다가서는 이에게 상처를 주지 않으려는 배려심 때문이다. 그는 장사 잇속을 따지기엔 천성적으로 착한 사람이다. 신진 작가를 발굴하면 이문을 따지지 않고 달려드는 것을 여러 번 옆에서 지켜봤다.

박 작가는 겉으로는 강해 보이지만, 속내는 여리고 정이 깊은 사람이다. 박 작가가 모친상을 치르던 날, 상갓집에서 그도 울고 나도 울었다. 그 후에도 간혹 "엄마가 보고 싶다"고 소년처럼 눈물을 훔쳤다. 아마 이 책을 낸 것은 더 이상 늦지 않게 하늘나라에 올리는 사모곡(思母曲)임을 다른 사람은 몰라도 나는 안다.

박 작가는 이 책이 '자서전이 아니라 자전적 에세이'라고 했다. 잉크 냄새 진동하던 예전 출판계를 거쳐 온라인서점 e북과 OTT·콘텐츠 IP 시대로 변화를 겪으면서도 초심을 잃지 않고 뚝심의 인생을 산 출판인의 글은 그래서 더욱 뭉클하게 다가온다.

응원 메시지를 보낸다. "친구, 27년간 한 길 꾸준히 걸어오느라 수고 많으셨네. 하늘나라에 계신 어머님이 자랑스러워하실 거야."

(주)헤럴드 이사 김영상

| 프롤로그 |

일곱 살에 아버지를 여읜 나는《잭과 콩나무》동화를 읽으며 아버지를 그리워했다. 아버지에 대한 결핍은 성장해 가면서 내 삶의 균형이 처음부터 어긋나 있음을 깨닫게 했다. 자연스럽게 그 이후의 삶도 신산스럽기만 했다. 그래서 혹시나 하는 삶에 대한 기대와 희망은 매번 어긋나 불행의 문 앞에 마주 서곤 했다. 학력고사에서 시계가 죽어 시험을 망치거나, 소작농의 딸이라 결혼을 반대해 첫사랑과 이별했던 일. 검사에서 문학평론가로 꿈이 바뀌었으나, 그 꿈 역시 위태롭게 매달려 있었다.

그러다 더 이상 피할 수 없어 군에 입대했고, 군대에서 보낸 시간은 내 인생의 전환점이 되었다. 군대에서 교육장교로 경험했던 것들이 출판기획 업무의 기초가 되었다.

그리고 마지막 보직이었던 본부포대 지휘관 경험을 통해 사람을 어떻게 상대해야 할지 배울 수 있었다.

이 책은 출판계에 입문한 1996년 30세부터 56세가 된 2023년 4월까지의 기록이다. 그간의 다양하고 다이내믹한 출판 경험을 담았다. 기록이나 자료가 남아 있지 않아 기억에 의존해서 쓰다 보니 다소 오차가 있을 수 있다. 지인들과 독자분들의 너그러운 양해를 바란다.

이 책의 제목인 '내일도, 처음처럼'에는 초심을 잃지 않고 살려고 노력해 온 나의 진정성이 담겨 있다. 언뜻 술 이름을 떠올리는 분도 있겠지만, '처음처럼'이란 말은 내 인생의 신조였고, 건물을 사고 난 후의 절박함에서 비롯되었다.

2004년 1억을 가지고 산 건물은 거의 깡통 건물이었다. 건물 주인은 세입자와 은행이라는 말이 더 정확했다. 그때 거래했던 출판사가 건물을 산 지 얼마 안 되어 그 건물을 되파는 것을 보고 이 건물만은 꼭 지키고 싶은 마음이 있었다. 그때부터 지금까지 19년 동안 '처음처럼' 소주만을 고집하며 그 다짐을 새겨왔다. 2021년에 건물 리모델링을 마무리하며 이제는 지하부터 6층까지 전 층이 월세가 나오는 건물로 바뀌었다.

'처음처럼'은 열정 부자인 나를 상징하기도 한다. 서른두 살에 창업했을 때 거래처 영업을 처음 해봤다. 기획자로 거래처에 영업을 나가면 과장부터 나보다 나이가 많았다. 아직 실적이 없는 기획회사지만, 어떤 비전을 지

냈고 얼마나 성장 잠재력이 큰 회사인지 거래처와 저자, 번역자를 설득해야 했다. 오직 진심을 담은 열정으로 말이다. 그 후 지금도 신인 작가 미팅은 물론 영상업체와 비즈니스 미팅을 진행하며 새로운 콘텐츠를 발굴하고 콘텐츠의 영역을 영상이나 드라마로 확장하기 위해 애쓰고 있다.

1999년 4월, 동업에 실패한 후 홀로 선 창업. 그때의 설렘과 불안을 아직도 기억하고 있다. 그 마음이 초심이고 이 책 《내일도, 처음처럼》의 출발점이었다. 앞으로도 처음의 열정을 간직하고 책을 만들어 갈 것이다.

차례

1장 출판계에 첫발을 내딛다

2장 새로운 시작

3장 북오션 출판사 창립

4장 어머니는 내 인생의 교과서였다

5장 출판사가 나아가야 할 방향

1장

출판계에 첫발을 내딛다

대학 시절 내내 책을 꽤 읽었던 내가 가장 잘할 자신이 있는 분야가 출판이었다. 30세 녹록지 않은 나의 출발이었지만, 희망을 보고자 했다.

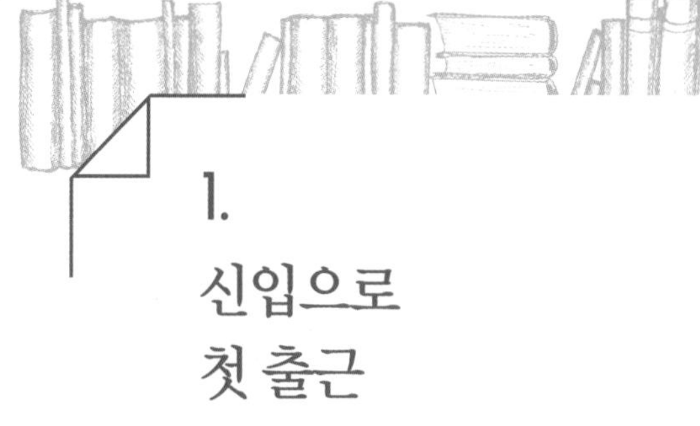

1. 신입으로 첫 출근

나는 1998년 4월 16일에 출판계에 입문했다. 지금도 그날의 기억이 저절로 난다. 9시가 출근 시간이었는데 조금 일찍 8시 30분에 설렘을 안고 출근했다. 출판사는 2층에 있었고 문앞에는 신문들이 놓여 있었다. 일찍 온 내가 신문을 뒤적이고 있으니 영업부장이 출근해서 누구냐고 물었었다.

내가 출판계에 들어온 건 우연히 본 《문화일보》의 인터뷰 기사 덕분이었다. 퇴근 후 어머니 집에 잠깐 들렀다 저녁을 기다리면서 무료함을 달래기 위해 별생각 없이 신문을 넘겼다. 그러다 신문에 난 전면 인터뷰 기사를 보게 되었다. 지방대를 나온 젊은이가 기술을 배우겠다는 생각으로 인쇄소에서 일한다는 내용이었다.

그리고 며칠 뒤 지금은 사라진, 종각역 앞에 있던 구(舊) 종로서적에 들러 책을 한 권 사고 고대 교우회관에 약속이 있어 길을 걸었다. 그러다 신발 밑창이 떨어진 걸 발견했다. 고대 교우회관 골목 입구에 마침 구두 굽을 가는 노인이 있어 2,500원을 주고 신발을 맡긴 채 잠깐 기다리고 있었다. 기다리는 게 무료했던 참에 구두 굽을 가는 과정을 무심히 보다가 문득 이런 생각이 들었다. '만약 전쟁이 나도 이 노인은 기술이 있어 밥을 굶지는 않겠구나.' 기술이 없는 나는 딱 굶어 죽게 생겼다는 생각과 함께 며칠 전 읽었던 신문 기사가 내 머리를 번쩍 스쳐 지나갔다. 기술을 배우기 위해 인쇄소에 취직했다는 문과생의 인터뷰는 요즘 자조적으로 부르는 문송해(문과라서 죄송해)의 선구적인 청년의 모습이었는지 모른다.

나 역시 나이 서른 살에 경력이라고는 학사장교로 군대에서 전역한 것과 별로 신통치 못한 대학의 국문과 졸업장이 전부였다. 내가 당장 엔지니어가 될 수는 없는 노릇이었다. 그래서 삶의 무기를 배우겠다는 절박한 심정으로 출판사의 문을 두드리게 되었다. 혹시 모를 삶의 전쟁을 위한 방패로 책을 만드는 기술을 택한 것이다. 국문과를 나왔고, 대학 시절 내내 읽었던 책이라는 자산이 있었기에 가능한 일이었다. 언젠가 대학에서 문학을 강의하며 문학비평을 하는 것이 나의 꿈이었다.

하지만 군대에서 막 전역한 나는 출판사에 들어가는 방법도 몰랐다. 거기에다 경력 없는 신입사원이었다. 마침 대학 시절 문학회 동아리 후배이자 예비역이었던 친구 K가 조그만 출판사의 편집장을 하고 있다는 소식을 들었다. 지난 시절도 얘기할 겸 그 친구와 술자리를 가졌고 출판사 소개를 부탁했다. 한 달 뒤에 그 친구의 소개로 창작시대사라는 출판사에 면접을 봤다. 그때는 편집 강좌를 수료하면 출판사를 알선해주는 학원도 있었지만, 나는 그때 막 결혼을 한 처지라 취업을 위해 학원을 다닐 여력이 없었다. 어렵게 창작시대사에서 면접을 봤는데 그 뒤로 연락이 없었다. 더 면접을 본 출판사도 없었다. 일을 하고 싶었고, 잘할 자신은 있는데 연락이 없으니 답답한 노릇이었다. 그래서 면접을 보게 해준 K에게 신입을 뽑았냐고 물으니 아직 충원을 안 했다고 했다. 그래서 나는 출판사에 전화해서 사장님께 나의 열정과 패기를 강조했다. 결국 내 진심이 통했는지 며칠 뒤에 출근하라는 연락이 왔다.

대학 시절 전공 과목인 국어정서법을 배웠지만 막상 실무를 하려니 교정 교열이 쉽지 않았다. 느릿느릿 교정 교열 업무를 보면서 집에 가서는 편집장이 딸기밭을 만들어 놓은 교정지를 보면서 따라 했다. 그렇게 하면서 교정 교열을 배웠다. 그리고 출근해서 며칠 뒤에 경리사원이 전해주는 말은 힘이 빠지게 했다. 보너스가 없다고. 군대도 보너스는 있는데 민간기업 출판사가 보너스가 없다니. 하루 주문이 한 부도 오지 않는 날이 있다는 데 충격을 받았다.

작은 것부터 천천히

일단 작은 것부터 바꿔야 한다고 생각했다. 우선 전화 매너부터 바꿨다. 출근해서 가만히 보니 출판사에 전화가 오면 '출판사입니다' 내지는 '여보세요'라고 받는 무뚝뚝한 전화예절을 보면서 "감사합니다, 창작시대사입니다", "좋은 아침입니다. 창작시대사입니다"라는 인사말을 전화기 위에 써 붙여 놓았다. 당장 바뀌지는 않았지만 최소한 바꿔나가려는 노력을 하게 되었다.

훗날 내가 창업을 하고 나서 직원들에게 전화받는 매너를 강조했는데, 거래처에서 지금도 직원들이 친절하다고 인사를 받곤 한다. 그다음에는 그간 창작시대사에서 출간한 책들을 읽기 시작했다. 내가 근무하는 출판사에서 나온 책들을 읽어봐야겠다고 생각했다. 그래서 잘 팔리는 책과 안 팔리는 책을 골라 50권을 밤새 읽고 메모했다. 책이 잘 팔리는 이유와 안 팔리는 이유를 각각 메모하며 정리했다. 어쩌면 이것이 출판기획의 시작이었을지 모른다. 그리고 입사한 지 8개월 만에 〈1997년 출판사업계획〉을 짜

1997년 출판사업계획

봤다. 출판사업계획에는 1996년의 반성과 앞으로의 전망을 담으려 했다.

군에서 연간훈련계획을 만든 경험으로 출간계획서를 자발적으로 만들었다. 1년을 분기별로 나눠 출간계획을 잡아본 것이었다. 매출액을 표로 만들어 벽에 붙였다. 보험사에서 볼 수 있는 고객 유치 실적표를 생각하면 알 수 있을 것이다. 그걸 편집부가 만드니 영업부에서는 얼마나

기가 찰 노릇이었겠나. 그래도 나의 열정을 높이 사서 이해해준 당시 영업부장님에게 고마움을 표한다.

8개월짜리 신입직원이 사업계획서를 만들 수 있었던 원동력에는 군대 이력이 자리 잡고 있었다.

나를 키운 건 8할이 군대였다

소위로 임관하고 자대에서 처음 맡은 보직은 대대교육장교였는데 그 역할은 대대 내 400여 명의 장병들의 일간, 주간, 월별, 분기별 훈련계획을 짜고 그 결과를 분석해서 상급부대에 보고하는 것이었다. 모든 훈련의 예정사항과 실시사항, 결과와 보완점을 기안서류로 만들어서 상급부대에 보내야 했는데 교육장교 업무는 초급장교 실무교육에도 없는 것으로 자대에 와서 처음 해보는 일이었다. 그 생소한 업무를 17개월 동안 고생하며 하다 보니 보고서의 틀과 양식이 머릿속에 각인되었다. 그리고 보고서류를 작성할 때는 1년 전에 전임 장교가 작성한 서류를 참고해서 만들게 되는데, 머릿속에는 A보다 좀 더 나은 B,

군대 장교 시절 모습

그보다 좀 더 진화된 C, D가 그려졌다. 나중에 출판기획사를 하게 된 작업의 시초였다.

강원도 철원이라는 낯선 자대 배치 지역과 TV 속 날씨 예보에서나 겪어본 더위와 추위. 매일 11시 넘게 퇴근하는 교육장교의 과중한 업무. 나중에 100명 넘는 병사를 거느리는 지휘관인 본부 포대장을 한 경험은 사람의 심리를 파악하고 리더십을 함양하는 데 도움이 되었다.

이상하게 교정 교열보다 잘 나가는 책에 더 관심이

갔다. 출판에 대해 아무것도 몰랐지만, 결국 독자들에게 사랑받는 책을 만드는 게 출판이 아닐까 하는 생각이 들었다.

그때 당시 편집부는 교정 교열만 하는 것처럼 느껴졌다. 사무실에 낯선 손님이 오면 사장님이나 편집장이 미팅을 하고 나는 오직 교정 교열만 해야 했다. 그런데 신입인 내가 교정 교열에 미숙할뿐더러 실력이 쉽게 늘지 않음을 깨닫는 데는 그리 오래 걸리지 않았다. 그 깨달음으로 내가 편집자 생활을 그리 오래할 것 같지 않은 예감이 들었다.

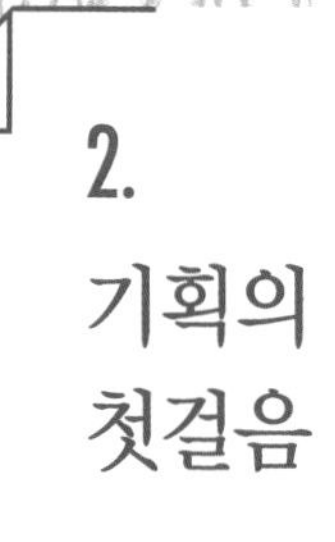

2. 기획의 첫걸음

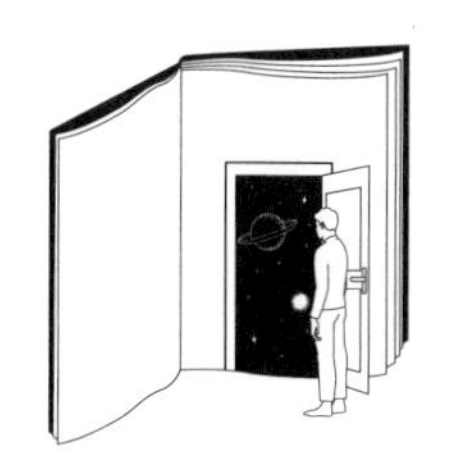

교정 교열은 절대 시간이 필요한데 서른에 출발한 나에게 진득이 교정 볼 마음의 여유는 없었다. 그래서 교정보다는 출판기획에 관심을 돌리기 시작했다. 그때 아내가 간호사로 근무했는데 3교대 근무를 하다 보니 주말에도 근무하고, 밤 10시 30분에 퇴근하는 경우도 있었다. 가장인 내 어깨가 무거웠다.

토요일 근무를 끝내고 광화문 교보문고에 갔다. 우선 신간코너에 가서 나 좀 봐달라고 팔팔 뛰는 망둥어 같은 신간들을 보면서 표지, 제목, 기획 콘셉트, 저자, 지명도를 고려해서 나갈 책과 안 나갈 책을 분류해서 노트에 적었다. 그 결과는 2, 3개월 뒤에 자연스럽게 알게 되었는데 기획 감각을 키우는 데 자양분이 되었다. 그리고 분야별 책들을 머리로 외웠다. 꼭 필요한 책은 수첩에 메모했다. 미술, 건축, 자녀 교육, 아동, 인문, 철학 책 등등. 이런 책도 있구나 싶은 책들을 알고 외워 나갔다.

지금은 예스24, 알라딘, 교보문고 온라인 서점이 있어 검색어만 치면 분야별로 책의 정보가 뜬다. 걸어 다니면서 핸드폰으로도 책의 제목을 검색하면 표지, 줄거리, 저자 프로필, 목차 등을 다 띄워주니 격세지감을 느낀다. 온라인 서점이 생긴 지 불과 30년이 안 되었는데 엄청 오래된 일처럼 느껴진다.

그때는 취미활동 중 웹서핑이 유행이었는데, 지금처럼 검색엔진이 없던 시절이라서 인터넷 접속 자체가 어려웠다. 컴퓨터를 다룰 줄 알아야 인터넷 접속을 통해 정보의 세계에 다다를 수 있었다. 마침 다니던 출판사 앞에 인터넷 접속 방법을 알려주는 학원이 있었는데, 수강료가 한 달에 15만 원이었다. 요즘 인터넷과 비교해 보면 달나라에서 토끼들이 절구질하는 풍경처럼 오래된 일처럼 느껴진다.

대학 때 장래 희망은 시를 쓰면서 문학 평론을 하는 것이었다. 그래서 신춘문예에 매년 시를 응모하고 연말에 혹시 연락이 올까 설레며 지내곤 했다. 문학을 위해 순교자의 피를 흘릴 수 있다는 소설가 이인성의 문학론에 심취한 문학청년의 패기 비슷한 거였다. 문학에 열정이 남아 퇴근 후에는《문학과 지성》,《세계의 문학》계간지를 읽고, 시집과 소설집도 꾸준히 읽었다.

본격적인 기획의 시작

그즈음 명함이 기획부 과장으로 바뀌었다. 그 당시에 기획부 신설은 꽤나 혁신적인 조치였다. 출판이 좀 보수적이라 느껴졌던 당시 기획부라는 명칭이 낯설었다.

요즘 출판계에는 기획과 편집이 일원화된 것처럼 보인다. 아이디어 기획단계와 시장조사를 거쳐 저자를 섭외한 후 원고를 진행한다. 원고 입고 후에는 보완수정을 하고 교정과 디자인 작업을 거쳐 한 권의 책으로 출간된다. 책이 나오기 전부터 마케팅 회의까지 어쩌면 하나의 뫼비우스 띠처럼 연결된 작업일지도 모른다.

그때가 출판기획의 개념이 막 도입되는 시기였다. 기획은 신문이나 잡지, TV에서 아이템을 찾거나 화제의 인물을 찾아 계약만 하면 된다. 원고 입고 시점부터는 편집부 몫이었다. 그러다 보니 기획부는 저자 미팅을 이유로 노상 외근을 나가 식사하거나 술을 먹는 경우가 많았다. 편집부는 주로 사무실에서 원고 교정 교열만 하고 있으니 다소 불협화음이 있는 출판사도 있었다. 그래서 낸 대안으로 기획자가 기획부터 원고 완성 후 1차 교정까지 해서 편집부에 넘기는 것까지 기획의 영역이라 선을 그은 곳도 있었다고 한다. 내 경우에는 새로 바뀐 편집장이 교정 교열 업무에 익숙하지 못하다는 이유로 나를 아예 편집업무에서 제외했다. 그리고 나를 제외한 편집부 3명이 회의를 했다. 그때 자리도 바뀌어 창고 앞에 책상을 놓으니 묘한 소외감이 들기도 했다. 자연스럽게 나는 저자 미팅, 섭외,

번역자 관리, 에이전시 외서 진행 등의 업무를 맡았다. 아마 편집이 어느 정도 가능했으면 원고 입고 후 1차 교정까지는 해서 넘겼으리라. 좀 힘들긴 했지만 나는 내게 주어진 역할을 충실히 하고자 했다.

부족한 출판의 경험은 김성재 선생이 쓴 《출판의 이론과 실제》를 외우다시피 밑줄 치고 읽으며 메꾸었다. 특히 출판의 환경이나 편집 용어 등은 실제 편집 업무에 많은 도움이 되었다. 편집부원들이 무심코 던지는 말들을 일일이 물어볼 수도 없어 답답했는데 눈이 번쩍 뜨이는 책이었다. 그때 막 출판 일을 시작한 나에게 엄청나게 도움이 되는 명저였다.

《출판의 이론과 실제》
(김성재, 일지사, 2003)

또 다른 도전, 외서 기획

외서 번역자와 미팅하면서 에이전시 업무도 맡았다. 외국어 전공자가 아닌 내가 에이전시 업무를 맡게 된 건 행운이었다. 창작시대사 사장님과 함께 1996년 7월경 임프리마 코리아 에이전시를 방문했는데 그때 만난 담당 에이전트가 지금의 KL매니지먼트 이구용 대표였다. 1996년도 가을쯤이었으니, 벌써 27년 전인데 그때 이구용 대표는 영미권 담당과장이었다. 선한 눈매와 중저음의 목소리가 인상적이었던 과장님은 지금은 독립해서 한국의 문학 작품들을 외국에 소개하는 수출 선봉장 역할을 하고 있다. 벌써 만난 지 강산이 두 번 바뀌고도 넉넉한 세월이 흘렀다. 딱히 출판의 경험도 외국어 능력도 없지만 외서들의 머리말, 목차, 표지 카피 정도만 떠듬떠듬 읽어도 내용을 파악할 수 있었다. 대학 시절 문학에 몰두했던 독서 경험이 큰 자양분이 되었던 것이다. 미운 놈 떡 하나 더 준다고 이구용 과장님에게 자주 가서 이것저것 물어보았다. 그는 친절하게도 외서와 팸플릿을 대출해 주었다. 그리고 저녁에 술자리도 하면서 친해졌다. 나는 이구용 과장의 결혼식에도 참석했고, 이후에 아들 돌잔치에도 갈 만큼 인연이 이어졌다.

4년 뒤에 나는 /OPTION/ LITERARY AGENCY(옵션 문학 에이전시, 이하 '/OPTION/에이전시'로 표기)를 운영하면서 외국 에이전트와 미팅차 국제도서전에 참가했다. 이구용 과장과는 일본, 독일, 이탈리아의 부스에서 만나니 반가웠다. 점심도 같이 먹었는데 외국에서 보니 감회가 남달랐다.

그렇게 출판 업무에 적응해 갈 때쯤 번역서를 맡기기 위한 번역자 미팅 업무가 나에게 주어졌다. 내가 근무한 창작시대사가 국내물보다 번역 출판이 많아서 자연스럽게 업무를 맡게 되었다. 프랑스, 독일, 스페인어, 영어, 일어 번역자들과 미팅을 했다. 외국어 전공자는 아니었지만 그들과의 미팅은 새로운 경험이었다. 번역자와의 미팅은 자연스럽게 문학 에이전시(Literary Agency) 담당자들과의 미팅으로 이어졌다. 신원에이전시, DRT, 임프리마 코리아, 한독 이음새, 엑세스 코리아 등 에이전시 담당자들과 미팅하며 외서 기획이란 무엇인지를 배웠다. 주말과 휴일에 갔던 교보문고에서 보고 적고 외웠던 국내 기획의 감각을 외서에도 고스란히 반영했다. 번역자들에게 머리말, 목차, 책 뒤의 카피, 본문 샘플 번역을 요청했다. 몇 차례 미팅해 보니 번역자들이 좋다는 책과 편집자들이 판매를 염두에 둔 책의 성격은 달랐다. 이것은 시각 차를 넘는 괴리감이기도 했다.

그 당시 근무한 창작시대사는 작은 출판사여서 에이전시를 방문해도 담당자들이 심드렁하게 대하기 일쑤였다. 지금처럼 인터넷이 자유로운 것도 아니어서 외국 출판사의 신간 브로슈어는 외서 정보를 접할 수 있는 유일한 기회였다. 브로슈어 몇 장을 복사해 오거나 추천한 책을 몇 권 받아와서 검토하는 방식이었다. 물론 그때나 지금이나 빅 타이틀이나 시장성이 있는 타이틀을 대형 출판사가 차지하는 것은 마찬가지였다. 에이전시들도 15~20만 원 정도 연간 회비를 받고 외서 정보를 출판사에 팩스로 보내줬다. 어쩌다 마음에 드는 책을 발견하면 이미 타 출판사에 자료를 내보내서 검토 순서를 기다려야 했다.

새로운 별명 '그럼에도 불구하고'

다행히 출판사 위치가 연남동이어서 신원에이전시를 걸어서 갈 수 있었고, 임프리마도 버스로 멀지 않았다. 좋은 외서를 확보하는 방법을 궁리해 봤다. 출판사에 외서 정보를 보내주는 에이전시에 이틀 전에 가서 미리 정보를 보여줄 수 없냐고 물어봤다. 처음에는 정색하고 거절했다. 그러다 몇 개월을 그리하니 조금씩 미리 알려주기 시작했다. 그러고 나서 에이전시 측과 계약이 늘어나고 출판사가 차츰 알려지게 되자 에이전시 측에서 나중에는 미리 우편으로 쓸만한 외서를 보내주기도 했다, 그때 얻은 별명이 '그럼에도 불구하고'였다. 이것은 포기하지 않고 약간의 면박과 무안을 당하고 얻은 끈기의 별명이다. 이 별명을 지어준 사람이 신원에이전시의 유정림 차장이었다. 처음에 그는 안경을 쓴 차가운 인상이었으나 나중에 보니 큰아이 돌 때 못 왔다고 선물로 인형을 줄 만큼 정이 많았

《선한 사람이 실패하는 9가지 이유》
(듀크 로빈슨, 창작시대, 1997)

《우리는 사소한 것에 목숨을 건다》
(리터드 칼슨 저/ 강미경 역, 창작시대, 2011)

다. 무엇보다 에이전시 업무를 친절히 알려주었다. 연말에 출판사와 에이전시 두 회사가 송년회도 함께했다.

그런 식의 좌충우돌 외서 기획자로 이룬 첫 성과는 책 《선한 사람이 실패하는 9가지 이유》에서 나왔다. 듀크 로빈슨이라는 작가였는데 국내에 잘 알려지지 않았지만 제목만으로도 국내 독자들에게 공감을 줄 것 같았다. 우리나라 사람들한테는 예나 지금이나 '착한 사람 콤플렉스'가 있다. 사회생활을 하다 보면 사람들 틈바구니에서 왠지 착하면 손해만 보는 것 같고 뒤처진다고 느끼는 우리에게 이 책의 제목이 어필할 것 같았다. 다행히 내 기획 감각은 적중했고 판매도 괜찮았다. 감각이 현실이 되는 순간이었다. 그 후 외서 기획의 또 다른 성과를 안겨주었던 책이 리처드 칼슨의 《우리는 사소한 것에 목숨을 건다》이다. 이 책이 소위 대박을 쳤다. 우리가 일상생활을 하면서 대화 중에 종종 '넌 사소한 것에 목숨 걸고 있다'는 말을 스스럼없이 쓰는 것처럼 외서지만 제목만큼은 우리 정서에 맞게 지으려고 애썼다. 기획을 한 지 몇 개월 뒤 창업해서 정확한 판매 부수는 모르겠으나 몇십만 권은 나갔다고 들었다. 그 뒤 리처드 칼슨의 책이 국내에 20여 권 더 출간되었으니 대중적인 작가를 발굴한 셈이었다.

그때 홍익출판사에서 출간한 《20대에 하지 않으면 안 될 50가지》, 《30대에 하지 않으면 안 될 50가지》가 연달아 히트를 쳤는데, 저자는 나카타니 아키히로라는 일본 작가였다. 스마트한 인상을 가진 데다 그 뒤로도 많은 책을 낸 비즈니스 전문작가다. 그때 창고에 있던 책꽂이에서 《출판정보》라는 잡지를 보다가 책 《20대에 운명을 바

《20대에 운명을 바꾸는 50가지 작은 습관》 (나카타니 아키히로, 창작시대, 2000)

꾸는 50가지 작은 습관》을 발견했다. 몇 년 전에 일본에서 출간된 나카타니 아키히로의 책이라 바로 에이전시에 판권이 살아있는지 문의했다. 일본에서 출간한 지 좀 지난 데다 주목받지 못한 책이어서 선인세를 저렴하게 계약했다. 아무래도 출판사에서 책 정보를 미리 알고 저작권 유무를 물으면 선인세가 좀 저렴할 수도 있다는 걸 알았다. 그 책은 다행히 쏠쏠히 나간 효자 책이었다. 먼저 뜬 작가의 책을 싸게 계약하는 법도 배웠다. 1996년 당시에는 중국어권 책이 소개가 아직 잘 안 된 시기였다. 주로 영어권 소설이 많았고, 일본 책은 자기계발서나 아동물이 강세를 보였다. 그리고 이탈리아나 스페인, 독일, 프랑스 책들 중에는 주로 소설이나 비소설이 출간되고 있었다.

3.
국내 기획의 시작

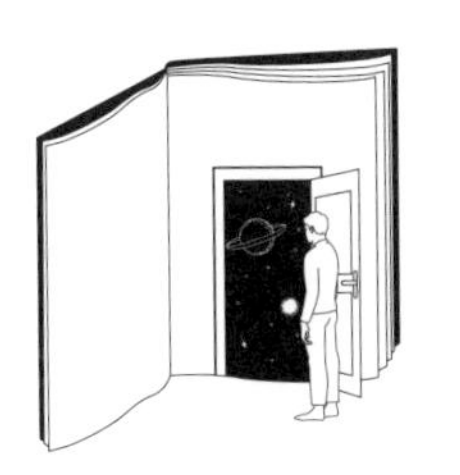

이제는 상당히 시간이 흘러 기억도 희미하지만 우리나라가 1998년도에 IMF라는 미증유의 어려움을 겪으면서 외국에 유학 간 학생들이 학업을 중도 포기하고 귀국하는 사태가 벌어졌다. 가파른 환율 상승에 따른 경제적 어려움 때문이었을 것이다. 당시 화제의 인물을 인터뷰하는 KBS의 한 프로그램에 젊은 영어 강사가 출연했다. 유학하다 귀국해서 억대 연봉을 받는 단과반 영어 강사였는데 IMF의 시련에도 꿋꿋히 일어서는 청년의 모습이 당시 분위기와 맞는 듯했다.

다음 날 아침 프로그램에 나왔던 신도림역 근처에 있

는 학원으로 갔다. 강의가 끝나자 강사는 내게 오더니 수강생은 아닌 듯하고 누구냐고 묻길래 어젯밤 방송에 나간 내용을 책으로 만들고 싶다고 명함을 내밀었다. 그리고 마침 점심시간이어서 TV에 나오는 짜장면 집에 가서 강사가 점심을 사 주었다. TV에서도 한국에 돌아와 강사로 자리 잡기까지 짜장면을 많이 먹었다고 했는데, 지금도 짜장면을 먹어야 마음이 편하다고 했다. 식사를 끝낸 후 자판기 커피를 마셨다. 강사는 책을 내고 싶은 마음이 없진 않으나 아직 책을 내기에는 좀 어리고, 혹시 나올 세무조사가 두렵다고 했다. 지금 생각하면 세무조사는 기우였겠지만 당시의 나는 사회 경험이 없고 설득력도 미숙했다. 그래도 강사는 방송을 보고 출판사에서 전화만 몇 통 왔는데 강의실로 직접 찾아온 사람은 내가 처음이라고 그 적극성을 높이 산다고 하며, 나중에 책을 낸다면 잊지 않고 연락하겠다고 후일을 기약했다.

신인 작가 발굴

단과반 강사를 만나고 사무실에 들어오니 편집장한테 왜 회의를 거치지 않고 단독으로 판단하고 행동하느냐는 꾸지람을 들었다. 기획회의를 한 후 미팅을 진행하는 것도 좋겠지만 그러다 보면 다른 출판사가 먼저 연락해 기회를 놓칠 수도 있었다. 그러기에 적극적이고 신속하게 움직인 것은 꾸중이 아닌 칭찬받을 일이 아니었을까? 하여튼 군대에서 배운 '안 되면 되게 하라'는 저돌성은 아직 살아있었다. 그때부터 신문이나 방송, 잡지 등을 보면서 화제의 인물들을 찾기 시작했다. 당시 출판계에는 외서가 대세였고 국내서는 글을 쓰는 작가들이 지금처럼 많지 않아 드문 시절이었다. 지금은 자기 PR의 시대이고 SNS 활동이 일상화되면서 글을 쓰고 책을 내고자 하는 욕구가 자연스러워졌지만 그때는 그렇지 않았다.

요즘 책의 판매는 갈수록 부진한데 책을 내고자 하는 외부 투고가 많은 아이러니한 현실을 어떻게 이해해야 할까 싶을 때가 많다. 그 당시 글을 쓰고 책을 낸다는 것은 작가만의 전유물이라는 통념이 확고한 때였다. 전문작가가 아닌 사람들을 섭외해서 글을 쓰게 하는 게 쉽지도 않았고 의욕만 앞서는 게 아닌가 하는 자괴감도 들었다. 섭외한 사람들도 책을 내는 데는 흥미를 보였으나 글을 쓰는 것에 대한 두려움 때문에 거절하곤 했다.

《책을 만나러 가는 길》
(손수호, 열화당, 1996)

주말마다 교보문고에 가서 머릿속에 책의 다양한 DB를 구축하는 작업은 계속했지만, 뭔가 출판에 대해 무지한 느낌을 지울 수 없었다. 출판업계에 들어온 지 얼마 안 되긴 했지만 출판계에 학교 선후배도 거의 없고, 경력마저 없다 보니 딱히 출판계 소식을 들을 길도 없었다. 그때 읽었던 책이 손수호 기자의 《책을 만나러 가는 길》이다.

다양한 출판계의 이야기를 간접적이나마 엿볼 수 있었다. 기억나는 대목은 김영사라는 상호명에 얽힌 이야기였다. 김영사는 젊은 김씨 3명이 창업해서 만든 상호였는데, 창업자 중 1명은 젊은 나이에 죽었고, 또 한 명은 미국으로 이민 가서 현재의 김강유 회장만 남아 있다는 것이다.

한겨레 출판기획 강좌를 듣다

출판의 미숙함에 갈증을 느끼던 차에 신촌에 위치한 한겨레교육문화센터에 출판강좌가 있어 등록했다. 그때가 1997년 9월이었다. 매주 목요일 7시에 수업이 시작해서 9시에 강의가 종료되었는데 9시 이후부터 갖는 뒤풀이가 더 흥미로웠다. 그때 강사가 김학원 푸른숲 주간과 작고한 김영수 출판평론가였다. 강의내용은 흥미진진했다. 그들의 출판 실무와 현장 경험에 관한 이야기는 가뭄 뒤의 단비처럼 시원한 정보였다. 그들은 강의 후 간혹 뒤풀이에 참석해서 다양한 출판계의 소식을 들려주며 궁금증을 해결해 주었다. 내 나이가 50대 후반이 되고 보니 그 시절의 열정이 그리워진다. 그때 아내가 첫아이를 임신 중이었고 산달이 다가오고 있어 술을 마시는 게 조마조마했다. 야간에 산통이 오지 않을까 걱정되기는 했지만 배움에 대한 열정과 흥미를 꺾을 수는 없었다. 강의 시간이

7시였는데 편집부가 야근을 일상으로 하던 시절이라 김밥 한 줄로 저녁을 때우며 강의를 들었다.

출판강좌는 3개월간 지속되었는데, 강의가 끝나고 뒤풀이 때 종종 어울렸던 동기들끼리 나중에 '사과나무'라는 모임을 결성했다. 인사동에서 모였던 카페 이름도 '사과나무'였는데 그 모임에 참석한 멤버들이 20대 후반에서 30대 초반이었다. 출판계의 사과처럼 잘 성장해서 출판계의 중심이 되자는 의미로 지은 이름이었다. 예전에 가수 이용이 불렀던 노래 가사에 '종로에는 사과나무를 심자'는 대목이 있었는데 출판계에 사과나무를 심어 보자는 게 모임의 취지였다. 그때 멤버가 흐름출판의 유정현 대표, 봄나무 출판사의 송주호 대표, 경문사 박수현 국장, 이아소 출판사의 명혜정 대표였다. 그 뒤로 거의 10년간 정기적 모임을 이어갔다.

1997년도 말엽 우리나라가 IMF 환란을 겪으면서 전국에서 부도 소식이 들려오는 가운데 《조선일보》 중소기업 열전에 〈신화그룹〉이라는 기사가 실렸다. 나는 주저하지 않고 바로 그 기업에 연락해서 회장과 미팅을 잡았다. 내가 취재해서 대필작가에게 줄 계획이었다.

중소기업 회장 취재하기

회사는 강남에 위치하고 있었다. 군대에 가기 전에도 강남을 가본 적이 없는데 전역하자마자 결혼해서 강남은 초행길이나 다름없었다. 지하철에서 내려서도 물어물어 겨우 회사에 도착했다. 그때가 한겨울이었는데 회장실은 썰렁했고 온기가 없어 추웠다. 옆에서 수첩 들고 서 있는 비서실장의 배석이 부러웠다. 알고 보니 회장이 나랑 동갑이어서 더욱 놀랐고 괜히 위축되었다. 회장은 나에게 생각을 정리하는 데는 추운 것 만한 게 없다고 말했다. 그 말에 약간 충격을 받았다. 춥게 있어야 생각이 정리된다는 발상은 동갑인 나보다 훨씬 어른스러웠다.

회장은 고등학교를 나와서 어학 테이프를 판매했다고 한다. 지금이야 전화영어나 외국어 앱, 유튜브 강좌 등 외국어 공부를 어렵지 않게 할 수 있다. 하지만 그 당시는 아직 CD도 나오기 전이어서 오직 카세트 테이프만 존재했다. 그러다 보니 정품은 가격이 비싸 복사 테이프 판매가 유행했다. 보통 어학 테이프는 20~50개가 한 시리즈였는데, 경제적인 능력이 없는 대학생들이나 저렴한 것을 찾는 직장인들이 대상이었다. 그 당시는 저작권에 대한 인식이 낮고 단속이 그리 심하지 않아서 판매에는 문제가 없었다. 그런데 그 판매회사가 부도를 맞은 것이었다.

그는 마이너스 카드 5장으로 카드깡을 하는 일생의 모험을 걸었고 크게 성공해서 방판조직을 거쳐 어학원을 열었다. 지금은 여행사 등 여러 회사가 있다고 했다. 취재 후 그가 저녁을 먹자고 해서 회사 앞 술집으로 갔다

마침 직원들도 술을 마시고 있었는지 몇 테이블에 직원들이 일어나 회장에게 인사를 건넸고, 회장은 옆에 있던 비서실장에게 직원들 테이블의 술값도 계산하라고 지시했다. 자리를 잡고 술을 마시기 시작했는데 나랑 나이가 동갑인 서른 살짜리 회장과의 술자리가 어색하고 불편했다.

군에서 전역한 지 1년도 안 되어 그런지 병장 출신 회장님을 대할 때 나도 모르게 장교로서 부사관을 대하는 느낌이 들었다. 운전면허 필기와 실기를 한 번에 붙은 나와 달리 아홉 번 만에 붙고는 세상에서 가장 힘들었다고 엄살 피우는 회장. 그날 무슨 말을 더 했는지 이제는 기억이 흐릿하다. 술자리를 파하고 나오니 운전기사가 대기한 고급 차로 비서실장이 회장을 부축해 갔다. 덩그러니 혼자 남겨지자 강남에서 집에 갈 일이 막막했다.

차가 끊긴 시간이라 지하철도, 버스도 없어 우선 택시를 잡아 탔다. 주머니를 뒤져보니 택시비가 없었다. 아내가 나이트 근무인 게 생각나서 아내가 근무하는 신월동 병원으로 출발했다. 병원에 도착해서 택시비를 겨우 주고 집까지 걸어왔다. 술에 취했지만 아내가 야간근무라 집에 없는 그 밤, 왠지 잠이 오지 않았다. 성공해야겠다는 묘한 의지가 생김과 동시에 알 수 없는 삶에 대해 짜증이 났다. 택시비도 없는 가벼운 지갑, 기사에게 양해를 구하고 뛰어가서 아내에게 자초지종을 설명하고 택시비를 줘야 하는 처지가 서글퍼졌다.

1년 정도 근무해 보니 출판이 왠지 작가의 보조역할이라는 생각이 들었다. 작가와 번역자의 뒤치다꺼리를 하는 편집자의 위치와 박봉인 현실에 자괴감이 스멀스멀 올라왔다.

편집자의 존재 이유

전역한 후 출판사에 다니면서도 작가에 대한 갈증과 꿈이 사라지지 않았다. 군대에 가기 전 문학평론가를 꿈꿨던 나는 출판사 편집자로서 수준 미달의 작품을 쓰는 작가들을 만나게 되었다. 거들먹거리는 작가들을 보면 절망감을 누를 길이 없었다. 사회에 나와 보니 대학 시절에 읽었던 박상륭, 임철우, 최수철, 이인성 작가를 비롯한 본격 문학의 울타리가 무너져 대중문학이란 경치가 펼쳐져 있었다. 그때는 《문학과 사회》, 《세계의 문학》, 《창작과 비평》, 《실천문학》 등의 계간지가 존재했던 문학의 시대였다. 한 번은 해양소설이라는 낯선 원고를 사장이 던져주고 갔다. 연애소설로 이름이 있던 작가였는데 원고검토를 한답시고 평론하듯이 난도질했다. 작가에게 검토 내용을 얘기했더니 불같이 화를 내며 길길이 뛰었고, 사장이 말리는 해프닝으로 끝났다. 객쩍은 평론가 흉내를 낸 원고검토가 문제였지만 그렇게 길길이 뛸 일이었는지, 지금도 납득이 안 간다. 그때의 원고검토에 대한 열정은 지금도 장르 소설 검토와 보완 작업으로 이어지고 있다.

우연히 여성 월간지 기자 모집 공고를 보고 지원했다. 서류합격 후 필기시험을 보고 5명이 보는 최종면접도 보았다. 왠지 느낌이 좋아 합격 예감이 들었다. '아, 이제 새로운 길을 가겠구나' 싶은 행복한 상상에 즐거웠다. 그런데 연락이 온다는 시간이 지났다. 기다리다 직접 전화를 걸어 왜 나를 뽑지 않았냐고 물으니 나이가 많아서 안 뽑았다고 했다. 그때는 출판을 벗어나고 싶었다. 덜컥 합격해서 출판 일을 포기하고 전직을 했더라면 지금 어떤 모습이었을까? 며칠 슬럼프를 겪고 난 후 어차피 갈 출판의 길이라면 최선을 다해 열심히 달려보기로 했다.

주말의 풍경이 좀 달라졌다. 주말에 갔던 교보문고가 운전면허 시험장으로 바뀌었다. 첫아이를 가졌다는 소식에 아내와 아이를 위해 일산의 운전면허학원에 다녔다. 주말반이어서 토요일날 3시에 퇴근하면 버스를 타고 가서 배웠다. 일요일에도 눈뜨면 운전면허학원에 갔다.

아내의 막내 이모가 캐나다로 이민을 가시면서 티코 승용차를 주고 갔다. 면허도 없으면서 차를 받아놓고 운전을 배운 것이었다. 다행히 3개월 후 필기와 실기 시험에 합격해 운전면허증을 받았다. 그때가 1997년 9월 30일이었다. 면허증을 교부받기 전에 자동차 공단에서 8시간 안전교육을 받았는데 추석 전날이라고 6시간만 하고 면허증을 나눠주었다. 벌써 27년이 다 되어 간다. 그 운전면허는 창업하고 저자 미팅을 할 때 유용하게 쓰였다. 미래에 대한 불안은 태어날 아이와 함께 생긴 고민을 결단하게 만드는 잠재적 요인일지 모른다.

그때 우연히 번역회사에서 외서 검토를 대행해 준다는 팩스가 왔다. 이런 업체가 있었나 싶었다. 당시만 해도 외서에 대한 검토는 번역자들에게 책을 보내주고 좋다고 하면 에이전시에 오퍼를 넣는 것이었다. 그리고 오퍼 승인 후 그 번역자에게 번역을 맡기는 식이었다. 그런데 막상 번역을 해 오면 간혹 내용이 예상과 달라 출판사 입장에서는 당황스럽기도 했다. 왜 이런 내용이냐고 번역자에게 따져 물을 수도 없어 속을 끓이는 경우도 있었다. 이런 사태가 벌어진 까닭은 번역자와 편집자의 책에 대한 시각차에 있다는 것을 그때 알았다. 출판사의 입장에서는 책이 독자들에게 공감되는 내용이면서 판매량도 어느 정도 나오길 기대하지만, 번역자의 경우에는 완결성을 지닌 작품의 가치로 책을 판단하는 게 아닐까?

초심으로 돌아가기

회사를 퇴사할까 말까 고민할 즈음, 《조선일보》에 국내 기획 거리가 눈에 들어왔다.

서울대가 지역균형선발제로 소외계층 자녀를 입학시킨다는 기사가 신문에 났다. 이거다 싶은 생각이 스쳤다.

신문을 보고 학생이 다닌 학교로 전화를 걸어 담임 선생님 연락처를 확보했다.

아직 학생이기에 담임 선생님의 의견을 경청할 것 같았다. 바로 학교로 가서 담임 선생님을 만났는데, 아직 학생이기에 책 내는 것에 반대는 안 하지만 딱히 좋아하는 것 같지도 않았다. 그래서 부모님을 만나봐야겠다는 생각이 들었다. 학생의 아버지는 구청 환경미화원으로 근무하고 있었는데, 가는 날이 장날이라고 그날이 비번이었다. 일단 집으로 향했다. 아침에 신문 보고 학교로, 구청으로, 집으로, 하루가 정신없이 가고 있었다. 집에 도착했을 때 학생의 아버지는 다행히 집에 계셨다. 오늘 하루 여정을 설명했고, 책을 내야 한다고 설득했다. 책을 내는 게 쉬운 일은 아니지만, 사회배려자로서 혜택을 받았다면, 또 다른 학생을 위해 그 노하우를 책으로 알려줘야 한다고 말했다. 내 말이 부모님의 마음을 움직였는지, 오랜 시간이 걸리지 않아 계약서에 서명을 받았다. 불도저 같은 추진력이라고 함께 간 사장님이 칭찬해 주었다. 아침에 난 신문기사를 보고 저녁에 출간 계약을 했다. 일을 다 마무리하고 집으로 돌아오는 발걸음이 가벼웠다.

막상 계약을 하고 원고 진행을 하는 데 예상치 못한 어려움에 직면했다. 아직 학생인 데다 책을 써본 경험이 없다 보니 원고 진행에 어려움이 많았다. 써온 문장은 단답형이었고 대부분 그냥 열심히 했다, 이런 식이었다. 억지로 공부법에 관해 쓰기보다는 가족과의 추억이나 소중함을 우선 써보라고 격려하면서 글쓰기 훈련을 시키고 조금씩 원고 분량을 늘려갔다. 요즘처럼 대필작가를 붙이거나 하진 않았다. 그럴 형편도 안 되었다.

어느 정도 분량이 채워지자 공부법에 관한 노하우도 차츰 나오기 시작했다. 그렇게 원고 진행 과정을 지켜보면서 나도 이 원고 계약을 마지막으로 새로운 길을 가야겠다는 생각이 들었다. 편집자로 근무하다 10년이나 15년 뒤에 출판사를 창업할 수 있을까? 열악한 출판사의 월급으로 돈을 모아 출판사를 창업하는 게 가능하기는 할까? 좀 더 큰 출판사에 이직해서 경력을 쌓아야 할까? 그 당시에는 편집자 경력 3년 미만은 경력자 측에도 끼워주지 않았는데 경력 2년 미만인 내 경우에는 경력직으로 이직하기도 쉽지 않은 일이었다.

번역 에이전시 스카우트 제안

앞에서 언급한, 외서 검토서를 만들어 준다고 팩스를 보내온 회사에서 스카우트 제의가 들어왔다. 당시 국내 기획과 에이전시 업무를 맡다 보니 그 팩스가 눈에 띄었고, 업체와 미팅해 보니 사장이 젊고 의욕이 있어 보였다. 그 업체는 번역회사였는데 영작 번역이나 기업문서 번역이 주 업무였다. 그런데 여기에서 더 나아가 출판 번역을 하고 싶어 했다. 업무차 미팅한 업체 사장이 저녁 식사를 하자고 했다. 그리고 회사를 옮겨볼 생각이 없느냐고 제안했다. 내가 담당해야 할 업무는 에이전시에서 외서를 가져와 번역을 하고 싶어하는 예비 번역자들에게 외서 검토를 맡겨 출판사에 검토자료를 보내는 일이었다. 출판사가 검토 후 외서를 번역 출판하고자 하면 번역회사를 통해 에이전시에 연락했다. 그러면 에이전시와 출판사가 외서 계약을 진행하는 것이었다. 에이전시는 묵혀 있는 책을 영업해 주니 좋고, 출판사도 외서 검토서를 통해 계약할 책을 신중하게 선택할 수 있으니 모두에게 좋은 일이었다.

출판사는 외서 검토서를 토대로 외서 계약을 했으니 번역회사에 번역을 의뢰해야 하는 전제가 깔린 시스템이었다. 번역회사가 나를 직원으로 스카우트하려는 이유는 출판사에 대한 영업을 위해서였다. 마침 에이전시 업무를 주로 했던 내게는 이직 제안이 솔깃했다. 2년도 안 된 경력으로 번역회사로 옮기게 되면 다시는 출판사에 근무하지 않을 거라는 생각이 스쳤다. 10년 뒤에 창업이 불가능할지도 모르는 불투명한 미래보다 뭐든 빨리 해야 되는 나이의 압박감도 있었다. 나이 서른에 출판사에 들어오다 보니 뭐든 늦었다. 연봉 인상도 가장인 내게 매력적으로 다가왔다.

2장

새로운 시작

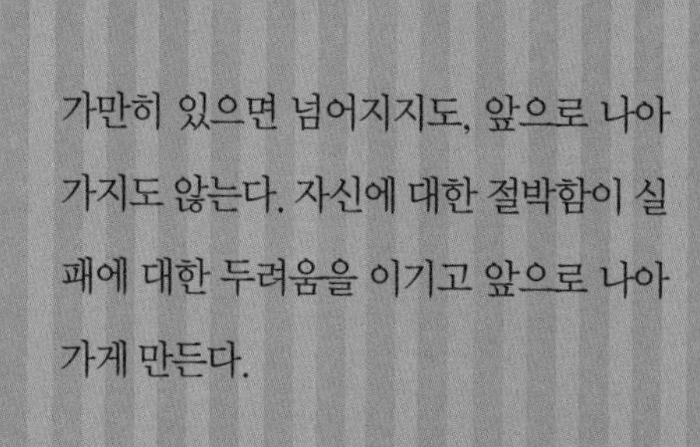

가만히 있으면 넘어지지도, 앞으로 나아가지도 않는다. 자신에 대한 절박함이 실패에 대한 두려움을 이기고 앞으로 나아가게 만든다.

1.
번역회사 이직과 창업에 도전

1998년 1월 4일에 번역회사로 첫발을 내디뎠다. 낯선 두려움과 새로운 시작이라는 설렘으로 시작한 첫날.

내가 한 일은 일단 에이전시에 가서 출판시장의 흐름이나 트렌드에 맞는 외서를 대여해 오는 일이었다. 출판사에 있을 때 거래했던 에이전시는 임프리마 코리아, 신원에이전시, 엑서스 코리아, 에릭양에이전시 등이었다.

에이전시에 가서 내가 이직한 사실을 말하고, 시기가 지난 외서를 검토해서 계약해 주겠다고 했다. 이런 업무를 에이전트들은 다들 신기하게 생각하는 듯했다. 그들도 미계약 책을 진행해 준다니 거절할 이유가 없었다. 에이전시에 가서 3~5년 정도 지난 외서들을 소개받거나 직접 찾았다. 주로 일본 책과 영미 책이 그 대상이었고, 다른 언어의 책은 에이전트가 소개해 준 것을 가져왔다. 에이전시에도 그리 손해 볼 일이 아니었다. 그래서인지 다들 호의적이었다. 계약 진행 시 출판사와 직접 계약을 체결하니 계약도 바로 추진할 수 있고, 새로운 거래처인 출판사도 자연히 알게 되어 일석이조였던 것이다. 그런데 간혹 계약이 무산되는 경우도 있었다. 출판사와 에이전시의 껄끄러운 관계가 변수가 되곤 했다. 출판사가 외서를 계약 체결해 놓고 선인세를 못 내는 경우가 있다 보니 에이전시 입장에서는 새로운 계약서 체결 전에 앞에 밀린 선인세를 해결하라고 요구하는 경우도 있었다. 지금이야 계약과 동시에 책 출간 전 선인세를 지불하지만 그 당시는 책이 나오고도 선인세를 안 주는 출판사가 종종 있었다. 그런 미수금 문제로 에이전시도 속을 썩고 있었다.

이직의 시행착오

군 전역 후 바로 출판사에 취업하다 보니 출판계를 잘 몰랐고, 경력이 얼마 안 되어 출판계 소모임도 못해 본 처지이다 보니 아는 출판사가 전무했다. 그래서 광화문 교보문고에 갔다. 처음에는 기획 훈련으로 갔으나, 이제는 출판사 영업 리스트가 필요했다. 대학교재나 컴퓨터, 어학 출판사 등 전문적인 출판사를 제외한 단행본 출판사 중 경영경제, 자기계발, 건강, 아동물 출판사의 명단과 주소, 대표자 이름과 편집장 이름을 적어 왔다. 지금이야 인터넷이나 이메일이 있지만 그때는 우편이나 팩스가 홍보의 수단이었다. 이렇게 출판사 리스트를 150개 정도 확보했다. 그리고 출판 성향에 따라 출판사를 분류하고 정리했다. 번역자들이 만든 외서 검토서를 서류봉투에 넣어 회사소개서와 함께 우편으로 보냈다. 나중에는 전략을 바꿔 팩스를 보냈다. 우편요금도 부담되었고, 출판사에서 외서를 검토하는 시간을 좀 더 단축하도록 한 것이었다. 그렇게 책에 관한 정보를 보내면서 출판사의 명단과 전화번호, 팩스번호, 담당자의 이름이 쌓이기 시작했고, 차츰 한

두 군데 미팅이 잡히기 시작했다.

출판사들도 처음에는 좀 신기해하는 반응이었다. 에이전시와 출판사 사이에 존재하는 기획사란 신생업체에 다들 고개를 갸웃했다.

기존에는 출판사가 에이전시에서 자료를 받아 검토 후 계약을 진행해서 번역자들에게 번역을 맡겨 왔다. 이 틈새에 번역과 에이전시 대행이 등장한 것이다. 외서 검토를 대행해 주고 그 조건으로 번역을 맡겼다. 당시만 해도 출판계는 국내서보다는 외서가 더 많았기에 출판사들이 관심과 호기심으로 연락해 와서 미팅을 하게 되었다. 출판사에 근무하며 에이전시, 작가, 번역자와 미팅은 해봤어도 영업 일선에서 출판사 담당자와 미팅하는 것은 처음이었다. 그런데 그다지 떨리지도 않았고, 부담도 없었다. 군생활 때부터 사람들을 많이 상대해 본 경험과 출판사에 재직할 때 저자와 번역자, 에이전트 담당자와의 미팅 경험이 몸에 축적된 덕분이었다.

외서 리뷰를 꾸준히 보내자 드디어 한 출판사에서 계약하자고 연락해 왔다. 그런데 출판사와 번역 계약을 앞두고 난감한 일이 벌어졌다. 일어 책이었는데 번역자가 의상학과 출신에다 번역한 책이 한 권도 없었다. 간혹 영어 책인데 번역자가 기계공학과 출신인 경우도 있었다. 당시 내가 이직한 번역회사 대표는 출판 번역으로 업무를 확장하고 싶어 했다. 번역자의 프로필이 필요 없는 매뉴얼 번역자로 출판 번역을 하려 했고, 전공과 무관하게 외국어를 알면 출판 번역은 누구나 할 수 있다고 생각하는 것 같았다. 출판에 대한 대표의 무지와 몰이해가 출판사와 나의 발목을 잡았다.

출판사는 번역 경험이 없는 초짜에게 번역을 맡길 수 없다고 강경하게 나왔다. 그래서 결국 계약 문턱에서 미끄러졌다. 그 후 초보 번역자들이 여러 개의 외서 검토서를 작성해도 번역으로 연결되지 않으니 샘플 번역비도 지급되지 않았다. 초보 번역자 입장에서는 외서 검토비용을 받지 못했다고 여겨 항의하는 일도 있었다. 한번은 초보 번역자의 아버지가 회사에 찾아와서 난리를 치기도 했다. 나도 난감했다. 번역 경험도 전무하고 전공도 일본어나 영어가 아닌 비전공자에게 출판사에서 번역을 맡기겠는가? 다행히 몇몇 출판사의 외서를 발굴한 점과 초보 번역자에게 번역료를 좀 싸게 해서 번역을 맡기는 곳도 있었다. 하지만 장기적으로 대형 출판사와는 일하기가 쉽지 않았고, 언제까지 출판사의 이해를 바랄 수도 없었다. 물론 내가 이직한 회사에서도 차츰 출판사의 요구대로 외국어 전공자들을 더 모집하기 시작했지만 책을 번역한 경험이 있는 경력자들이 오지 않아 난감했다. 자연히 출판사 영업에도 빨간불이 켜졌다. 간혹 출판사 담당자들이 어떻게 초보 번역자에게 번역을 맡기냐고 항의해서 에이전시의 오퍼가 취소되기도 했다. 이런 난감한 상황을 깨닫는 데는 채 두 달도 걸리지 않았다. 진짜 생의 미래가 막막했다. 아니 위기였다. 미래를 생각하니 이직에 대한 후회가 밀려왔다. 성급한 이직에 자책도 했다. 다시 출판사로 가야 하나 고민이 됐다. 하루하루 출근이 막막했다.

출판기획사 동업 제안

그럴 즈음 나를 출판사에 소개해준 친구 K한테 연락이

왔다. 그 친구도 조그만 출판사 편집장을 하고 있었는데 사장이 출판에 문외한이라 답답하고 지루한 삶을 살고 있었다. 동병상련의 심정으로 저녁에 술자리를 가졌는데, 출판기획사를 해보자는 동업 제안을 해 왔다. 1998년만 해도 출판기획사라는 게 생소한 때였다. 20년이 지난 지금도 회사 형태의 기획사는 낯설긴 마찬가지다. 곧 아이도 태어나는데 창업을 한다는 게 망설여졌다. 그렇다고 출판사로 다시 갈 마음도 없었다. 출판은 더 이상 비전이 없어 보였다. 번역회사를 계속 다니고 싶지도 않았다. 새로운 도전을 해보고 싶었다.

하지만 출판기획사가 과연 통할 것인가? 출판사 경력이 채 2년이 안 되는데 가능할까? 그때 아내는 아이도 태어나는데 무슨 창업이냐고 결사반대했다. 그래도 당시 어머니께서 젊었을 때 창업해야 실패해도 경험이 생기니 후에 출판사에 다시 가도 손해 보는 장사는 아니니까 해보라고 용기를 북돋아 주셨다. 한 달간 고민을 거듭한 끝에 번역회사는 3월까지만 근무하기로 하고 창업을 결심했다.

한성출판기획 창업

친구 K와 1998년 4월 16일 출판기획사를 창업했다. 한성출판기획으로 사업자등록을 한 것이다. K와 내가 한성대학교를 나와서 상호를 자연스럽게 정했다. 첫 번째 사무실은 동대문구청 건너편에 있는 건물 2층이었는데, 복도 맞은편에 중국집이 있었다. 창업하고 한 달 동안 점심은 짜장면이나 짬뽕으로 해결했다. 수입이 없으니 절박함과 미래에 대한 두려움에 대처하는 자세였는지 모른다. 어떤 때는 우리가 안되어 보였는지 중국집 사장님이 군만두나 이과두주를 서비스로 주었다.

창업을 결심하게 된 것은 전직 회사에서 석 달간 했던 업무를 좀 제대로 해보자는 생각에서였다. 회사 형태의 번역 에이전시의 출발이었다.

번역 에이전시를 제대로 운영하기 위해 우선 번역자를 섭외해야 했다. 에이전시에 가서 외서를 가져오는 일이 계속되었다. 초보 번역자라 해도 일어일문학과나 영어영문학과 등 전공자들을 섭외해야 했다. 그때는 인터넷이 없어 벼룩시장에 구인광고를 냈다. 아무래도 문학책은 번역 경험이 많아야 되고 문학성을 담보해야 하기에 트렌드가 있는 경영경제나 자기계발 서적을 출판사에서 더 선호했다.

그때 우리나라가 IMF라서 국민 전체가 충격에 휩싸였다. 처음 겪어 보는 국가부도 사태에 대기업과 중소기업들이 망하거나 대량 감원으로 실직 사태를 초래했다. 자고 나면 부도와 실직으로 누군가 자살했다는 우울한 소식뿐이었다. 다행이라면 많은 사람이 실직해서 실업자 중 번역에 관심을 두는 사람들이 많았다는 것이다. 이들이 프리랜서 번역자로 유입되었다. 이런 상황에 창업은 더욱 무모했는지도 모른다. 죽고 사는 문제에 직면했는데 누가 책을 읽겠는가?

솔직히 그때는 출판계를 몰랐고, 사회에 나온 지 얼마 되지 않아 IMF가 엄청나게 실감되지는 않았다. 무식하면 용감해진다고 출판계 소식에 어두웠고 정보가 없어서 오히려 창업이 가능했는지 모른다. 출판계 동향을 알았다면 두려워서라도 IMF라는 국가적 재난 속에 창업할 엄두도 내지 못했을 것이다. 출판계에 지인 한 명 없이 창업을 했지만, 미팅도 하고 계약도 진행되었다.

〈한성인텔리전스〉라는 외서 소식을 담은 리뷰를 만들어 매주 수요일 밤 9~10시까지 출판사 100여 군데에 팩스를 보내고 퇴근했다. 밤늦게 팩스를 보내고 버스를 타기 위해 걷다가 밤하늘을 보면 미래가 불안했지만, 내일은 출판사에서 연락이 많이 올 거라는 기대감으로 발길을 돌렸다. 다음 날 아침 9시에 출근하면 전화가 빗발치는 경우도 있었다. 검토하겠다고 맨 처음 연락해 온 출판사에 외서를 보내줬다. 이렇게 몇 번 하다 보니 한 출판사가 오래 검토하는 경우 기다리는 출판사가 불만을 표시해서 표지, 머리말, 목차, 본문 20페이지를 복사하는 서비스도 했다.

누구나 첫 번째는 기억에 오래 남는다. 처음 했던 번역 계약은 효형출판사와 진행한《뚜쟁이인가, 예술가인가》라는 책이었다. 효형출판사도 생긴 지 얼마 안 되었는데 송영만 사장님이 계약서를 쓰면서 출판사에 맞는 외서를 발

《뚜쟁이인가, 예술가인가》
(이반 나겔 저/ 이계숙 역,
효형출판, 1999)

굴하는 의미 있는 일을 한다고 계약금 100만 원을 선뜻 주며 격려의 말씀도 잊지 않았다. 번역은 이계숙 선생님에게 의뢰했다. 이계숙 선생님과는 창작시대사에 다닐 때 번역 작업을 함께한 적이 있었다. 선생님에게 창업의 취지를 설명드리고 계약금 100만 원을 좀 빌려달라고 양해의 말씀을 드렸는데 흔쾌히 동의해 주었다.

이계숙 선생님은 현대건설 사장을 지낸 이계안 사장의 동생으로 몇 해 뒤 암으로 작고하셔서 더 가슴이 아팠다. 창업을 시작한 나를 처음 믿어준 분이었다. 내가 성장해 가는 모습을 더 보여드리고 싶었는데 그러지 못해 못내 아쉬웠다.

에이전시와 출판사에는 따로 소개비를 받지 않고 번역자에게 번역 중개수수료로 20%를 받는 게 수익모델이었다. 매주 수요일 출판사에 보낸 외서 소식지에 조금씩 반응이 오고 계약이 이뤄졌다. 그래서 6개월 뒤부터 유료화를 시작해 연회비 15만 원을 받았다. 회원사에는 매주마다, 비회원사에는 격주마다 자료를 보냈기에 회원사가 외서 신간을 먼저 선점하는 경우가 많았다. 그러다 보니 차츰 연회비를 내는 출판사들이 늘어나 수입에 보탬이 되었다. 하지만 번역자에게 받는 중개수수료 수익이 많지 않아 회사 운영이 어려웠다.

그래서 영작 번역이나 기업문서 번역 등의 업무로 회사 운영에 활로를 찾았다. 지금은 청평에서 아이스크림점을 하는 대학 친구가 소개한 독일어 잡지를 번역한 것도 생각난다. 작년에 동해로 그 친구와 놀러 간 일이 있는데 그 당시 번역 의뢰했던 옛날 얘기를 했던 게 기억난다. 지금은 인터넷이 발달하여 이메일이나 카톡에 첨부하는 등 다양한 방법으로 문서를 쉽게 보낼 수 있지만 그 당시에는 팩스가 유일했다. 팩스도 지금처럼 A4 용지를 넣는 방식이 아니라 감열지에 둘둘 말아서 넣는 팩스 용지 양식이었다. 수요일 밤 7~10장 정도의 정보지를 한전의 동보 시스템에 대량으로 팩스를 보내주는 서비스를 신청해서 100여 군데 출판사에 보냈다. 출판사도 아침에 팩스로 주문을 받다 보니 우리가 보낸 소식지를 주문으로 착각해서 화를 낸 경우도 있었다. 얼마 안 남은 감열지가 다 떨어지고 주문 팩스를 못 받아서 화를 낼 수 있는 상황도 발생하곤 했다. 떨어진 팩스 용지에 화가 난 출판사 대표가 다짜고짜 쌍욕을 한 경우도 있었다. 나도 같이 화를 내면서 감열지를 우편으로 보내주는 맞대응을 했는데 전역한 지 2년이 지났는데 아직도 장교 시절 혈기가 고스란히 남아 있었다. 출판 일을 시작한 지 27년이 된 나는 출판사에 필요한 정보를 준다고 하면 일단 들어보는 편이다. 그런데 보내주는 정보를 거부하고 다짜고짜 막말을 하는 것은 지금 생각해도 출판인의 태도는 아닌 것 같다. 지나고 보니 그런 출판사는 다 사라졌다.

출판인이라면 누구나 새로운 정보를 받아들이는 열린 마인드가 중요할지 모른다. 나도 이제는 출판사 발행인이 되었기에 저자의 투고 원고를 받거나 스타트업에서 간혹 출판 관련 제안 메일을 받기도 한다. 그럴 때마다 귀담아 듣고 미팅을 하는 건 27년 전의 또 다른 나를 만나기 위해서이다.

큰아이가 태어났으니 수입이 필요했다. 첫 달은 집에 십 원도 가져다주지 못했지만, 다음 달부터는 동업자와 각각 80만 원씩 가져갈 수 있었다. 이제 아이도 태어났으니 아내가 간호사로 일해도 가장인지라 어깨가 무거웠고, 책임감이 느껴졌다. 군대 가기 전에는 학생이었지만 군대에서는 별정직 공무원 장교여서 월급을 받았다. 출판사에서도 월급이란 걸 받아만 봤지, 스스로 월급을 만들기는 처음이었다. 다음 달에도 일을 열심히 안 하면 첫 달처럼 수입이 0원일 수 있다는 두려움이 있었지만, 다행히 수입은 조금씩 늘어갔다. 이것은 출판사와의 거래가 늘어났다는 증거이기도 했다. 외서 번역과 소식지 유료화가 자리를 잡아 가자 조금씩 국내물 기획을 고민하기 시작했다. 국내 기획의 유료화는 그런 사례가 없어 막연했다. 그게 수입이 될지 몰라 더 막막했다. 에이전시도 번역회사도 아닌 회사의 정체성에 대한 고민은 계속되었다.

2.
나 홀로 창업

동업한 지 11개월이 지날 즈음 큰아이 돌잔치를 신촌 근처 뷔페에서 했다. 돌잔치에 많은 사람이 와 주었다. 무슨 도서전 같은 느낌이라고 누군가 말했다. 창업 후 11개월 동안 발바닥에 땀나도록 뛰어다닌 결과가 아니었을까?

벌써 25년 전 일인데 어제 일 같다. 첫아이 돌잔치를 마치고 온 다음 날 동업자인 K가 이제 동업을 파기하자고 했다. 어제 돌잔치에 안 오고 돌 선물도 없었기에 뭔가 이상하긴 했다.

처음에는 멍한 느낌이었다. 나는 주로 내부에서 회계

와 번역자 관리 업무를 맡았고, 외부 출판사 영업은 K가 주로 해왔다. 그런데 1년 만에 동업을 파기하자고 말하는 이유가 뭘까? 그 친구가 말하기를 내 성격이 너무 과격해서 출판사 사람들이 싫어한다는 것이었다. 나는 출판사 미팅도 거의 하지 않았는데 과격하다니. 물론 무례한 담당자들이 없는 건 아니었지만 그때마다 K를 생각하며 참았다. 나 혼자가 아닌 동업이기에 나로서는 많이 참고 양보했던 것이었다. 하지만 1년도 안 되어서 동업을 파기하자니 충격이었다. 밤새 고민한 후 다음 날 일찍 K를 만나 동업을 끝내기로 합의했다.

그 후 '한성출판기획'이라는 상호만 내가 갖고 사무실 집기와 전화번호 등 모든 걸 다 놓고 나왔다.

새로운 출발점에 서다 - 무주공산과의 인연

그렇게 한성출판기획은 1년 만에 새로운 시작점에 섰다. 약수동에 있는 한흥빌딩 2층 무주공산이라는 공동 사무실에서 다시 시작하기로 했다. 당시 3층에 있던 더난출판사 사장이 보증금을 내고 2층에 5명의 출판 관련 종사자들을 위한 사무실을 내어주었다. 그때 함께했던 멤버들은 한국트렌드연구소 김경훈 씨, 경영경제 삽화를 그리는 윤상석 씨, 아동물 편집자였던 안미현 씨, 여성월간지 프리랜서 기자였던 허순희 씨였고, 이제는 기억이 희미하지만 1명 더 있었다. 그리고 직원 A도 같이 합류했다. 사무실 비용이 보증금 없이 월세 50만 원이니 한 달에 7만 원만 있으면 사무실을 쓸 수 있는 거였다. 더난출판사 사장 입장에서는 사무실 보증금만 넣어 놓고 국내물 기획을 최우선으로 얻을 수 있는 장점이 있었다. 지금은 페이퍼로드 대표인 최용범이 그때 더난출판사 편집장이었다. 그는 동업이 깨지기 두 달 전에 점심을 함께 먹으면서 더난출판사 사무실 밑에 프리랜서를 위한 공간을 열 예정인데 내게 사람들을 소개해달라고 했다. 그런데 내 처지가 갑작스레 바뀌면서 내가 오히려 그 공간에 있게 해달라고 그에게 부탁해야 했다. 다행히 한 자리가 남아 내가 막차로 무주공산의 멤버가 되었다.

K와 동업할 때는 서로 상의하며 어려운 문제를 해결하

고는 했는데, 이제 혼자서 모든 것을 헤쳐 나가야 한다는 사실에 긴장과 불안이 가중되었다. 망할 수도 있고, 일을 안 하면 수입이 없을 수도 있다. 일에 대한 절박함과 가장으로서의 책임감이 엄습해 왔다.

번역회사를 다시 제대로 해보고 싶었다. 이제는 출판사를 대상으로 비즈니스 마인드로 접근해야 했다. 번역자 모집은 초보와 기성 번역자 양쪽에 홍보하여 인원을 확보해 갔다. 기성 번역자들은 내가 근무했던 창작시대사에서 만난 이들이었고, 그들에게 문학 번역에 관심 있는 지인들을 추천해달라고 부탁했다. 일어, 영어, 중국어, 독일어, 프랑스어, 이탈리아어, 네덜란드어 순으로 일하는 번역자들을 섭외해 갔다. 당시에는 정서가 비슷한 일본과 영어권 도서들이 번역 시장의 주를 이루었다. 중국어권은 막 걸음마를 시작한 단계였고, 독일, 프랑스, 이탈리아, 네덜란드 도서들은 번역 비중이 낮았다. 초보 번역자 중에 일본어나 영어 전공자들과 미팅하고 외서 리뷰를 요청했다. 그리고 외서 계약을 진행하면서 보완할 점을 반영해 외서 검토 리뷰 양식을 새로 만들었다.

우선 책 표지 앞면의 소개글, 저자 프로필, 표지 뒷면 번역, 머리말, 본문 한 꼭지, 마지막으로 번역자의 총평까지 편집자의 눈높이에 맞춰서 만들었다. 외국어를 전공했다고 해서 모두 번역자가 되는 것은 아니다. 번역자에게도 문학가의 자질이 필요하다고 하지 않는가? 나도 문학 전공자였고, 출판사를 상대로 번역자를 소개하는 젊은 사장으로서 내가 소개하는 초보 번역자들이 진정한 문학 번역자로 성장하기를 바랐다.

기성 번역자들도 노상 일이 있는 게 아니었다. 번역 수수료를 주더라도 출판사 편집자들과 직접 상대하지 않으니 번역 에이전시의 등장에 그리 거부감을 갖지는 않는 듯했다. 시간이 지나자 소규모 출판사에서도 전공자에 의한 번역서들이 차츰 출판되기 시작했다.

푸른숲출판사에서 번역 의뢰가 들어왔다. 《모래땅의 사계》라는 번역서인데, 그때 푸른숲은 《내 영혼을 위한 닭

고기 수프》라는 베스트셀러를 출간한 인지도가 높은 출판사였다. 그때 미팅을 하면서 번역자 이상원 씨를 추천했다. 그는 서울대 노어노문학과를 졸업했지만 영어가 더 익숙하고 자신 있다고 했다. 그의 프로필을 제공하니 푸른숲도 마음에 들어 했다. 단 초벌 번역만 맡기고 서울대학교 임학과 윤여창 교수가 손을 봐서 단독 번역자로 기재한다고 했다. 그 당시에는 종종 있던 번역 관행이었다. 이에 나는 안 된다고 거절했다. 푸른숲과 일하고 싶기는 했으나 멀쩡한 번역자를 유령으로 만들 수는 없었다. 몇 차례 출판사와 이견을 조율한 후 결국 공동 번역으로 책이 나왔다. 신생 회사였지만 돈보다 사람을 우선시했던 나는 그 후로도 10년 넘게 이상원 씨와 인연을 이어갔다. 이상원 씨도 그 뒤로 활발히 번역 활동을 하게 되었다. 훗날 이상원 씨는 영어와 러시아어를 번역하는

《모래땅의 사계》
(알도 레오폴드 저/ 윤여창·
이상원 공역, 푸른숲, 1999)

《하버드는 어떻게 글쓰기로
리더들을 단련시키는가》
(이상원, 북오션, 2019)

재능 있는 번역작가로 성장했고, 나중에는 모교인 서울대학교에서 교양 글쓰기 강의 인기 교수가 되었다. 나중에 우리 출판사에서 《하버드는 어떻게 글쓰기로 리더들을 단련시키는가》라는 글쓰기 책도 출간했다.

그때 경력이 없는 기획사가 푸른숲에 무엇을 요구하는 게 쉽지는 않았다. 하지만 돈도, 자존심 때문도 아니고 번역자에게 이름을 찾아주는 게 최선이라고 생각했다. 번역자의 자존심을 지켜주는 게 거래처 확보보다 더 큰 가치가 있다고 생각했다. 기획사가 거래처의 비위를 맞추기보다 젊은 패기로 상식을 지키고 싶은 마음이었을지도 모른다. 대나무는 부러져도 휘어지지는 않는다는 신념 탓에 그 뒤로도 거래처와 비슷한 문제가 생기고는 했다. 푸른숲은 이제 막 걸음마를 뗀 기획사를 배려해 주었으니 고마운 출판사였다.

북슐랭이라는 무료 도서 서비스 플랫폼을 운영하는 회사와 미팅을 한 적이 있다. 미팅 중에 그 대표가 이상원 번역자에 대한 이야기를 꺼냈다. 그의 글쓰기 교양 강의를 들었는데 인기 교수님이었다고 해서, 세상이 좁다는 걸 새삼 느꼈다.

한스미디어의 히트작이 된 《아침형 인간》의 번역 의뢰를 맡았다. 우리 회사 번역자인 최현숙 씨가 번역했는데 100만 권 넘게 초대박이 난 걸로 기억한다. 21세기북스에서 나와 막 독립한 김기옥 대표가 한스미디어 이름으로 책을 몇 권 내고 우리 기획사에 방문해서 번역을 맡겼는데, 그게 《아침형 인간》이었다. 그 책이 그렇게 대박 날지는 몰랐다. 기획사는 출판사 수입의 100만분의 1의 수익도 내지 못했지만, 대박 난 번역서가 있으니 다른 출판사에도 홍보 효과가 있었다. 그때 막연히 기획사의 한계를 절감했다. 번역을 대행해 준다는 업체가 있다는 게 출판계에도 조금씩 알려지기 시작했다. 2013년에 기획사를 접을 때까지 100여 명의 번역자가 작업해 600여 권의 번역서가 출간되었다. 당시 함께했던 번역자 이상원, 유혜경 씨가 우리 사무실에 방문해 같이 식사한 적이 있었다. 다들 나이가 든 만큼 더욱 단단하게 출판계에 뿌리를 내리고 있었다. 그래서 지난 시간을 웃으면서 말할 수 있었다. 지난 시간이 오후 햇살처럼 감사했다.

예영커뮤니케이션 출판사 김승태 사장님이 몇 년 전 작고하셨다는 소식을 들었다. 기획사 초기에 웬만한 출판사는 모두 방문했었다. 그 당시에는 출판사들이 골목 외진 데 있거나 꼭대기에 많이 위치했는데, 기획사가 망하면 택시 운전이라도 해야겠다고 할 만큼 많은 출판사를 방문했다. 원래 길치인 데다 당시에는 핸드폰도 없어서 공중전화에 의지했다. 가다가 막히면 전화를 해야 하는데 몇 번씩 전화하면 초면에 신뢰가 떨어질까 봐 주로 간판들을 외워서 다음 미팅 때 활용했다. 뭐든 외우는 건 자신 있었기 때문이다. 10년이 지난 일도 떠올릴 수 있었는데, 예전 미팅 장소와 미팅에서 나눈 얘기를 말하면 상대방도 놀라곤 했다.

김승태 사장님이 두 번째 미팅 때 보성사에서 나온 출판 관련 책 한 질을 책상 앞에 놓았다. 출판원론에서 마케팅, 제작까지 총 12권이었다. 사장님은 내가 지금 하고 있는 에이전시의 기획사라는 형태가 수익이 적어 집에서 이혼당하기 쉬우니 차라리 출판 관련 분야를 공부해서 출판을 가르쳐 보라고 조언해 주었다. 서로 잘 모르는 사이인데도 그 말에 기분이 나쁘지는 않았다. 딱히 출판계에 학연, 지연이 없던 나로서는 그 조언이 진심으로 들렸다. 그리고 출판을 20년 넘게 한 김승태 사장님의 눈에는 내가 정말 불안정한 사업을 하고 있는 것으로 보인 것 같았다. 불안정하고 미래가 불투명한 기획사를 계속하는 게 맞는지 고민스러웠다. 나만 세상 물정 모르는 철부지 열정으로 살고 있나 하는 의심과 불안이 계속 엄습해 왔다.

하지만 결론은 진군이었다. 군부대 경례 구호처럼 내 인생에 대한 정의는 앞으로 진군하는 것이었다.

어려움 속에서 진군하기

독립해서 무주공산에 입주했을 때 복사기와 팩스를 사 가지고 갔더니 기존 멤버 5명이 쌍수를 들고 환영해 주었다. 팩스는 새것으로 샀지만 복사기는 용산 전자상가에 가서 중고를 사 왔다. 요즘이야 복합기와 프린터가 있어 복사를 많이 안 하지만, 그 당시에는 복사기가 필수였고 실제로 많이 사용했다. 본래 복사기는 축소, 확대 기능이 있는데, 내가 사 온 복사기는 축소, 확대가 안 되었다. 본래의 크기로만 복사되었는데 이런 제품을 판매한 업자를 원망하기도 했지만, 정품 복사기를 사지 못하는 내 처지 역시 안타까웠다.

K와 동업을 끝낼 즈음 미팅 때문에 임종원이라는 친구를 만났다. 곱상하게 생긴 외모와 조용한 말투가 인상적이었다. 동화출판사 임인규 회장님의 아들로 출판인 2세였다. 그런데 그 후 모르는 사람의 이름으로 100만 원이 입금되었다. 아무리 생각해도 모르는 이름이어서 나중에 생각나면 돌려주기로 하고 K와 50만 원씩 나누었다. 당시에는 사업 초창기라 100만 원도 나눠가져야 할 만큼 어려

운 시절이었다.

나중에 알고 보니 임종원이 100만 원을 부인 이름으로 보낸 것이었다. 첫 번째 미팅 때 조만간 새로운 사무실에서 봐야 할 것 같다고 양해를 구한 내 말을 기억하고 이사할 때 사무실 집기라도 사라고 보낸 거였다. 세상에는 참 고마운 사람도 많구나 싶었다. 초면에 아내 이름으로 100만 원을 선뜻 보내줄 수 있는 선의는 20년이 지나도 보기 힘든 일이었다.

어린이 기획 소식지 〈포이베〉에 이어 국내물을 본격적으로 기획하기 시작했으나 〈포이베〉에 대한 자료는 거의 남아 있지 않은데, 아마도 국내물 기획은 아니고 아동서 번역으로 업무를 확장하여 소식지를 따로 만들었던 것 같다. 사실 번역 에이전시 일은 얻는 수입에 비해 품이 너무 많이 들었다. 에이전시에 가서 외서를 가져와 번역자에게 검토서를 의뢰하고 리뷰를 만들어 출판사에 자료를 제공해도 에이전시와 출판사가 계약을 꺼리는 경우가 많았다. 번역자에게 번역료의 20%를 중개수수료로 받아도 수익

어린이 기획 소식지 〈포이베〉 명함

이 적었다. 그래도 초보 번역자나 기성 번역자나 중개수수료로 20%를 받는 것은 동일하게 했다. 초보라고 무시한다면, 그 번역자도 언젠가 본인이 차별받은 것을 알고 경력이 쌓인 뒤에는 더 이상 우리 기획사와 일을 하지 않을 것 같았다. 말하자면 미래를 위한 포석이자 투자였다.

그러나 나를 더 힘들게 한 것은 따로 있었다. 어렵게 출판사와 번역 계약을 하고 번역서가 출간된 후에는 우리 기획사를 거치지 않고 번역자에게 직접 번역을 의뢰하는 일이 종종 발생했다. 번역 에이전시라는 개념이 당시에는 생소하다 보니 편집자들이 번역자에게 직접 연락해서 번역을 의뢰했던 것이다. 번역자들도 중개수수료를 떼지 않으니 출판사의 번역 의뢰를 거절할 이유가 없었다. 잊힌 외서를 찾는 수고도 모르고, 출판사 편집자들이 번역자에게 직접 연락하는 것은 상도에도 맞지 않다고 항의했다. 그러면 애초에 번역자 관리를 똑바로 하라고 면박을 주는 편집자도 있었다. 그런 태도를 가진 편집자가 얼마나 가겠는가? 결국 그 편집자는 출판계에서 곧 사라졌다. 이런 문제를 직면하고 번역자들과 번역 계약서를 쓰면서 충분히 설명도 했고, 출판사와도 거래를 시작할 때 거듭 약속을 받았다. 물론 직접 계약하는 출판사와 번역자는 당시 10% 미만이어서 회사의 존폐 위기를 초래한 것은 아니지만 처음 등장한 기획사에 대한 몰이해는 기획사를 접을 때까지 계속 속앓이를 하게 했다. 그것이 결국 기획사를 접고 출판사를 창업하게 만든 계기가 되었는지도 모른다.

첫 직원이 그만두고 두 번째 직원인 H가 입사했고,

한성출판기획과 북오션 출판사에서 17년을 함께 일했다. H를 만난 건, 우연이었다. 그때 내가 한경비즈니스 '외서 코너'에 일본 책을 소개하고 있었는데 한 출판사에서 연락이 왔다. 그 출판사는 창전동에 있는, 직원이 많지 않은 조그만 출판사였는데 거기에 H가 근무하고 있었다. 내가 왜 우리 회사로 오라고 제안했는지는 딱히 이유를 모르겠다. 미팅 후 며칠이 지나 내가 하는 기획사로 자리를 옮기라고 제안했다. H는 며칠 고민한 뒤 직원이 하나뿐인 기획사의 어려운 길을 선택해서 합류하기로 했다. 처음에 직책은 대리였다. 이제 직원이 1명 더 생겼으니 무주공산의 월세가 14만 원이었다. 위층이 더난출판사였고 조금만 내려가면 국일미디어가 있었다. 둘 다 가까운 거래처였다. 흐름출판의 유정연 대표가 그 당시 국일미디어의 편집부장이었는데 나와 번역과 국내 기획을 함께 진행했다.

간혹 무주공산 멤버들과 퇴근하다 약수역 입구 포장마차에서 산오징어를 안주로 술을 한잔했다. 그때 마신 술은 고단함과 막연한 미래의 두려움을 종종 희석해 주는 위로주 역할을 했다.

여름이 다가와서 벽걸이 에어컨을 구매했다. 벽걸이 에어컨은 현재 가격이 40~50만 원 하는데 그때 가격은 120만 원이었다. 6명이 20만 원씩 부담해서 에어컨을 구매했는데 스탠드 에어컨이 아니어서 그런지 그 밑에만 시원했다. 대형 선풍기보다 성능이 더 떨어졌다. 제2의 복사기 사태였다. 뭘 사도 그놈의 돈 때문에 싼 것을 사다 보니 생긴 참사였다.

창고에 새 터전 마련

시간이 지나자 무주공산 멤버들이 하나둘 취업하거나 아님 창업을 해서 떠나기 시작했다. 무주공산에 내가 제일 늦게까지 남아 그 벽걸이 에어컨은 결국 내 차지가 되었다. 2004년 10월 7일에 서교동 사옥으로 이전한 뒤에도 벽걸이 에어컨은 여전히 내 방에 걸려 있다. 벌써 19년째 쓰고 있다. 에어컨을 교체하지 않는 이유는 옛날 보증금도 없던 시절을 잊지 않으려는 이유에서다.

거래처에 갔다가 출출할 즈음 김밥과 짜장 떡볶이를 먹으며 허기를 달래곤 했다. 동교동으로 이전한 뒤로 짜장 떡볶이를 파는 데가 없어 그 떡볶이 생각이 나곤 했다. 출퇴근은 주로 지하철을 타고 다녔다. 그때 살았던 신월동에 지하철 5호선 화곡역이 생겼는데 차를 살 형편이 못되어 지하철에서 내려서 사무실까지 걸어 다녔다. 뚜벅이 시절이었다. 대중교통으로 출퇴근했던 시간이 이제는 추억이 되었다. 지금은 내 차 외에 법인 차가 2대이니 격세지감을 느낀다.

사무실에 조금 적응해 갈 무렵 건물주가 우리가 있던 2층 사무실을 쓴다고 통보해 왔다. 보증금도 안 냈으니 방을 빼라는데 뭐라 할 입장은 아니었지만 난감한 상황이었다. 어디로 이사 갈 처지도 아니었다. 당장 어디로 사무실을 구해야 하나 싶었다. 돈도 없고 해서 건물주를 찾아가 사정을 얘기하니 건너편 창고도 괜찮은지 물었다. 지금 상황에 따지고 말고 할 게 없었다. 창고라 요즘 말로 가격이 착했다.

무주공산에 있던 3명은 다른 곳으로 가고 그중 A는 우리 회사에 비상근 직원으로 합류했다. 처음으로 생기는 단독 사무실, 비록 창고였지만 구석구석 청소하며 사무실로 새롭게 단장했다. 그리고 다른 출판사에 갔다가 마음에 드는 직원이 있어 내가 좀 더 형편이 나아지면 직원으로 쓴다고 했다. 그런데 그 직원이 덜컥 회사를 관두는 바람에 어부지리로 직원 B도 합류했다. 정규직원 2명, 비상근 직원 1명으로 회사를 새롭게 시작했다. 직원 A는 나보다 4살 위 선배였는데, 아동물 기획과 번역을 했다. 그 당시 A를 채용할 형편이 아니었는데 아이와 살고 있어 최소한 담뱃값과 생활비 정도는 벌게 해 줘야 할 것 같았다. 그리고 〈포이베〉라는 아동물 소식지를 만들고 있어 A의 아동물 기획력도 필요했다.

〈포이베〉에 아동 자료집을 모아 출판사에 팩스를 보냈다. 그때는 아동물 시장이 지금보다 컸다. 〈포이베〉에 외서에 대한 정보를 담고 국내물 원고도 중개했는데, 몇 년 후 국내물 기획사로 발돋움하는 데 시발점이 되었다.

직원을 둔 사장이 되다

동업하다 홀로 선 지 1년이 안 되어 2.5명의 직원을 둔 상황으로 변해 있었다. 출판계에 들어와 보니 아는 사람이 한 명도 없었다. 창업할 때 에이전시 담당 에이전트와 번역자 몇 분이 내가 아는 유일한 출판계 지인이었다. 매일 낮에 두세 군데 출판사 미팅을 하고 밤에는 저자나 번역자, 그리고 출판사 대표나 편집부장들과 술을 마셨다. 그때 나는 1주일에 4~5일을 술을 마셨다. 잦은 술자리에 안경, 핸드폰, 가방을 버스나 택시에 놓고 내려 다음 날 버스 정류장에 찾으러 가기도 했다. 그리고 한 번은 버스 정류장 종점에서 잠이 깼는데 차가 끊겨 새벽에 장인어른과 아내가 데리러 온 적도 있었다. 지나고 보니 해프닝이었지만 그 시절이 그립다. 딱히 출판계 인맥이 없다 보니 술 영업을 할 수밖에 없었다. 그리고 한국의 술 문화는 대취해야 서로 호형호제하게 되어 업무처리에 도움이 되었다. 그때는 젊어 술을 마시고 또 마셨다. 어쩌면 살기 위해 마셔야 했는지 모른다. 막상 혼자 해 보니 뭐든 결정하는 게 어렵기보다 훨씬 편했다. 동업은 난관에 부닥쳤을 때 상의하여 결정하는 장점이 있다. 그런데 혼자일 때 빠른 결단력과 돌파력은 예상치 못한 장점이었다. 그리고 성취감을 나누지 않고 홀로 만끽할 수 있어 좋았다. 현재 창업은 자의보다는 타의의 성격이 짙었으나 홀로서기에 대한 막역한 두려움을 군대에서 배운 불도저 같은 추진력으로 상쇄했다. 실패는 성공의 어머니라고 뭐든 일단 해 보았다. 어차피 돈을 많이 투자하는 일도 아니었으니까 출판이라는 큰 틀에서 도전해 보는 것이었다.

매일 미팅과 저녁 술자리 덕분인지 회사 사정이 조금씩 나아질 무렵 비상근 직원인 선배 A가 늦게 합류한 직원 B를 데리고 규모가 큰 아동물 출판사로 이직했다. 동업자와 동업이 깨지고, 다시 무주공산 사무실에서 만나 의지가 되었던 직원 A와 B의 이탈은 맥 빠지게 했다.

참 사람의 속은 알 수 없었다. 이래서 열 길 물속은 알아도 한 길 사람 속은 모른다고 하나 싶었다. 초창기이지만 내 식구처럼 마음을 다 보이며 함께하던 직원들에 대한 실망감이 컸다. 학교와 군대 생활, 그리고 3년간의 사회생활을 하고서도 사람이 자기 이익에 따라 움직인다는 것을 알지 못했다. 이것이 사장이 되어 가는 과정이라 이해했고, 직원에 대한 관점을 갖게 된 계기였다. 다시 직원을 구하고 익숙해지기까지 3개월 정도 걸릴 텐데 업무 지연이 안타깝고 답답했지만 어쩔 수 없는 일이었다. 다시 신발 끈을 질끈 동여매고 달려보기로 했다. 거래하는 출판사가 늘어날수록 외서가 더 필요했다. 에이전시에서 책을 가져오는 데도 한계가 있었다. 구간은 물론 신간이 필요했다.

유리장 에이전시라고 프리랜서 에이전트로 구성된 에이전시와 미팅을 했다. 독일어, 일어, 영어의 에이전트들이 의기투합했다. 내가 처음 시작한 무주공산과 비슷해서 동병상련의 정이 느껴졌다. 사무실에 요일별로 출근하는 사람을 정해놓고 다른 날은 자유롭게 근무했다. 그중 독일어권 에이전트는 막 돌이 지난 첫아이 옷을 가져다 주기도 했다. 한동안 사지 않아도 될 만큼 많은 양이었다. 에이전트들은 출판사가 필요했고 나는 신간 외서가 필요했다. 내가 그들의 출판사 영업을 하는 셈이었는데 그들은 직접 번역도 가능했다. 나중에 에이전트가 다 모인 곳에 갔더니 반은 농담이겠지만 내가 남극에 가서도 냉장고를 팔 영업자라고 아예 기획사를 접고 같이 동업하자고 제안하기도 했다. 고맙고 감사한 일이었다.

동교동에서 다시 시작

내가 처음이자 마지막으로 근무했던 창작시대사 사장님이 어느 날 할 얘기가 있으니 사무실에 좀 와달라고 연락해 왔다. 동교동에 위치한 창작미디어 사무실이 있는데 내가 인수할 생각이 있느냐는 제안이었다. 창작시대사가 단행본으로 성공하자 창작미디어라고 만화 전문출판사를 브랜딩했는데 1년도 안 되어 접었다고 했다. 계약 기간이 일 년 정도 남았다고 했다. 보증금 800만 원에 월세가 60만 원이었다. 창작시대사는 내가 근무할 때 베스트셀러가 나오는 전성기였다. 내가 나오고 5년 뒤에 부도가 났다.

기존 인테리어를 200만 원에 인수하라는 조건도 있었다. 지금 생각해 보면 참으로 어이없는 제안이다. 임대 기한이 남아 있는 사무실을 인수하는 전 직원에게 인테리어 비용 200만 원까지 떠안기다니. 거기에 보증금 천만 원에 대한 이자로 50만 원씩 내야 했다. 베스트셀러를 기획한 전 직원에게 보증금도 없는데 이자까지 내라는 것은 지금 생각해도 참 야박한 일이었다.

월세까지 110만 원이 필요했다. 물론 1년 뒤에는 1천만 원을 마련해야겠지만 현재 있는 약수동은 그 당시 월세가 14만 원이었는데, 어찌 되었든 월세가 8배로 뛴 셈이었다. 늘어난 월세가 부담스러웠지만, 무슨 용기인지 덥석 하기로 했다. 나중에 결국 동교동은 사업의 터닝 포인트가 되었다. 약수동에서 이제 동교동으로 왔다. 사무실은 인테리어가 되어 있어 깔끔했다.

약수동에서 동교동으로 사무실을 이전하자 새로운 분위기 전환이 되었다. 마포구는 교통이 편리하고 주요 거래처와 가까워 근접성이 좋았다. 사무실은 사장실을 포함해서 공간이 3개가 있었다. 10~15명이 근무해도 될 만큼 깔끔하고 넓었다. 직원과 둘이 사용하기에는 너무 넓었다.

그리고 종종 직원과 거래처 미팅이 있어 외근이 불가피했다. 사무실에서 전화도 받고 출판사에 매주 보내는 출판정보 뉴스레터를 편집할 직원도 필요했다. 그때는 딱히 직원을 공개로 뽑는 방법도 몰랐다. 불현듯 학교 후배이자 출판사 시절 같이 근무한 조성우가 생각났다. 내가 창작시대사에 입사했을때 그는 막 대학교를 졸업했다.

1996년에 내가 SBS 축구 해설위원이었던 강신우의 《강신우의 재미있는 축구 이야기》 책을 진행하고 있을 때였다. 그때 일손이 필요해 조성우를 불러 축구 자료를 정리하는 알바를 하게 했다. 나는 87학번이었고 그는 89학번으로 과 2년 후배라 막역한 사이였다. 그 알바는 2~3개월 지속되었다. 그리고 책은 잘 나왔다. 마침 그해 연말 창작시대사에 편집부 충원이 있었는데 그 알바가 계기가 되어 조성우는 내 옆자리에서 근무하게 되

《강신우의 재미있는 축구 이야기》
(강신우, 창작시대, 1996)

었다. 그러나 그는 1년도 채 못 채우고 출판사를 퇴사했고 작은형이 일하는 공사현장에서 일을 했다. 그에게 연락했을 당시 그는 신촌 근방에서 작은 파스타 가게를 운영하고 있었다. 그에게 직원이 필요하다고 사정을 설명했더니 직원 한 명을 소개해 줄 수 있다고 했다. 그렇게 조성우에게 소개받은 여직원이 Y였다. 출판 일은 처음이지만 성격이 무난했고 착했다. 무엇보다 처음이었던 출판을 배우고자 하는 열의가 있어 보였다.

빈 사무실을 어떻게 활용할까 고민하다 각 언어 번역자들에게 사무실 공간을 빌려주었다. 그리고 각 언어별로 외서 리뷰를 만들어 직접 올리게 했다. 그들에게는 월세를 안 내는 사무실이 필요했고, 나는 외서 검토 비용을 아낄 수 있었다. 그리고 언어권별로 소식지를 만들 수 있었다. 사무실 공간이 커서 가능한 일이었고, 덕분에 에이전시와 비슷한 형태를 만들어 갔다. 물론 저작권 회사가 아니어서 외국 출판사와 계약할 수는 없었다. 그러나 모든 일이 생각대로 흘러가는 것은 아니었다. 번역자들도 당장 생활이 어렵다 보니 자료를 뜰쑥날쑥 만들거나 취업이 되어 사무실에 나오지 않기도 했다.

에이전시에 가서 책을 가져오는 것에도 눈치가 보였고, 에이전시를 직접 해보고 싶은 열망도 커져 갔다. 그리고 어느새 시간이 흘러 외서 번역과 국내 기획이 차츰 자리를 잡아 가기 시작했다.

3.

국내 기획에 승부수를 던지다

국내 에이전시는 번역 에이전시와 비슷했다. 국내 에이전시에 관심을 갖게 된 것은 서울대 종교학과 손봉호 교수님이 책을 여러 권 출간했는데 인세를 받은 적이 없다는 인터뷰 기사를 보면서였다. 인세를 안 준 출판사가 어디였는지, 왜 손 교수는 인세를 달라고 하지 않았는지 내막을 자세히 알 수는 없었다. 추정하건대 출판사는 그때도 영세하고 어렵다는 인식이 깔려있는 데다 교수님 체면에 인세 누락에 관해 항의하기도 어려웠던 게 아닐까. 일반인들도 내고 싶은 책에 관한 아이디어나 원고는 있는데 어떻게 출판사와 접촉해야 하는지, 인세는 몇 퍼센트

이고, 인세를 제때에 받을 수 있는지도 모르는 경우가 허다했다. 그리고 원고 진행은 어떻게 하는지, 완성된 원고를 출판사에서 편집할 때 저자가 마지막 원고 확인은 어떻게 하는지 궁금해하는 작가 내지 작가 지망생들이 많았다. 출판사에 외서 리뷰를 보내고 간혹 국내 원고를 중개했는데, 이제는 본격적으로 국내 기획을 시작하기로 했다. 간혹 국내 원고가 입고되어 매주 외서를 보내는 소식지에 출판사 리뷰를 올리는 방식에서 180도 다른 혁신적인 국내 기획을 해보기로 했다. 완성된 원고 없이 신문이나 잡지를 보고 얻은 아이디어로 기획서를 만들어 출판사에 팩스로 보냈다.

앞에서 언급했던 억대 연봉을 받는 영어 단과반 강사나 서울대에 특별전형으로 합격한 소외계층 학생의 원고 진행 경험을 바탕으로 본격적으로 국내 기획을 상품화하기 시작했다.

신문이나 잡지, TV를 보면서 트렌드를 읽었다. 잡지나 신문의 기사를 보면 기자들이 글을 쓸 때 그 분야의 전문가 내지는 정보의 소스를 찾기 위해 정보원이나 취재원이 필요했다. 그래서 나는 기사 내용에 언급된 사람들에게 연락해서 미팅을 했다. 그들은 연구원, 은행 PB팀장, 교수 등 다양했다. 미팅을 위해 A4로 1~2장 정도의 출간 제안서를 미리 작성해 갔다. 그러나 거의 태반이 난색을 표명했다. 한 번도 책을 써 본 경험이 없어 자신이 없다고 했다. 책은 작가만 쓸 수 있다고 생각하는 것 같았다. 그래도 다행히 사내 교수였거나 사보 등에 짧은 글을 써 본 경험이 있어 원고를 완성해 나가는 데 도움이 되었다.

당시의 나는 신문 15개 이상, 잡지 5개 이상을 읽었다. 물론 신문 기사들은 내용이 비슷했지만 취재원이 다른 기사들은 간혹 출판기획의 아이템이 되곤 했다.

순탄치 않은 시작

처음으로 시작하는 국내물 원고 진행은 순탄하지 않았다. 신문에 매주 글을 써도 그 분량이 원고지 3~5매 정도였는데 한 권의 책을 내기 위해서는 원고지 1,000~1,200매가 필요했다. 지금이야 책을 소프트하게 만들어 페이지 행수는 19~21행, 원고지 분량도 800매 정도면 책을 만들 수 있지만 당시에는 글자 행수가 21~25행이었으며 원고지 분량도 1,000~1,500매 사이였다. 나도 고민스러웠다. 짧은 글만 써 본 저자들에게 어떻게 책 한 권 분량의 글을 쓰라고 제안해야 될지 고민이 됐다.

그래서 고심 끝에 글쓰기 매뉴얼을 만들었다. 목차 내지 소제목 50개를 우선 쓰고 5개로 묶어보라고 요청했다. 정리하면서 배운다고 하지 않던가? 머릿속에 있는 지식을 우선 떠오르는 대로 목차를 적어보는 것이다. 사람의 생각은 비슷해서 떠오르는 대로 50개를 적고 비슷한 것끼리 묶으면 챕터가 되었다. 그리고 그것을 나누면 장 내지는 부가 되는 것이다. 그렇게 목차가 완성되면 그중 제일 쓰고 싶거나 자신 있는 목차를 원고로 써 보게 한다. 목차가 50개니까 1개 목차당 원고지 20~30매 A4 3~5장 정도는 그리 부담스러운 분량이 아니기에 그중에 두세 꼭지를 샘플 원고로 써 오게 했다. 사람마다 얼굴이 다르게 생겼듯 원고를 쓰는 스타일도 제각각이었다. 너무 긴 만연체로 써서 지루하거나 너무 스타카토식 단문으로 일관된 문장도 있었다. 적절한 예도 없이 사실만 나열한 글도 태반이었다. 적당한 길이의 문장으로 근거와 예시를 통해 자기주장을 뒷받침할 수 있어야 좋은 글이었다.

첫 번째 베스트셀러 기획

출판계에 있는 사람이라면 《합법적으로 세금 안 내는 110가지 방법》이라는 절세 책을 기억할 것이다. 세금 책 최초의 베스트셀러였다. 그때까지 교보문고에 세금 책 단행본은 거의 없었다. 세금은 일단 골치 아프고, 세무사가 대행하기에 개인들이 알고 대비하는 절세라는 말도 잘 통용되지 않던 때였다. 저자인 노병윤 실장은 당시 을지로 외환은행 본점

《합법적으로 세금 안 내는 110가지 방법》
(노병윤, 아라크네, 2001)

세무실장으로 근무하고 있었다. 원래 노병윤 실장을 만나러 간 것은 아니었다. 마치 연예인이 데뷔 전 친구를 따라 오디션을 보러 갔다가 정작 연예인이 되고 싶었던 친구는 떨어지고 본인이 합격해 연예인이 된 것처럼 내가 처음 만나려고 한 사람은 오정선 콜센터 팀장이었는데 운 좋게 노병윤 실장과 함께 만나게 된 것이었다.

오정선 팀장은《한겨레신문》재테크 상담을 해주는 코너에 짤막한 연재를 하고 있었는데 연재한 글을 엮어 책을 내면 좋을 듯했다. 그 당시만 해도 재테크 책이나 은행 PB가 생소했다. 오정선 팀장과 어렵게 연결이 되어 을지로 외환은행 본점 콜센터에서 미팅을 했는데 그때 오정선 팀장과 노병윤 실장이 함께 나왔다. 그때만 해도 작가가 아닌 이상 책 출간을 제안받는 경우가 드물었다. 책 쓰기는 작가들의 전유물이라는 생각이 상식으로 자리 잡았던 때였다. 요즘

《디지털 시대의 종횡무진 재테크》
(오정선, 시대의창, 2001)

에 브런치나 글쓰기 플랫폼을 통해 누구라도 글을 쓸 수 있는 것과는 아주 달랐다. 오정선 팀장은 의심 반, 기대 반으로 노병윤 실장을 의지해 미팅에 함께 나왔던 것이다. 미팅은 순조롭게 진행되었고, 얼마 후 오정선 팀장이 쓴 책《디지털 시대의 종횡무진 재테크》가 출간되었다.

이런 글쓰기 방법은 책을 처음 내는 스페셜리스트들에게 나름 설득력 있는 글쓰기 교안으로 자리 잡았다. 오정선 팀장이나 노병윤 실장도 위에서 언급한 글쓰기 매뉴얼을 보고 열심히 실천했다. 나도 젊었고 그들도 젊어 열정이 넘쳤기에 책 출간이라는 결실을 보았다. 앞에서 언급한 노병윤 실장의《합법적으로 세금 안 내는 110가지 방법》이라는 책은 콘셉트가 탁월했다. 출간 후 20년이 지난 지금도 그만큼 많이 팔린 세금 책은 나오지 않고 있다. 세월이 지난 지금도 두 사람을 만나고 있다.

기획사라는 오명을 딛고 서다

그 시절에는 번역회사나 모델 에이전시, 기획사에 대해 부정적이었다. 드라마에도 기획사를 사기꾼의 모습으로 그리곤 했다. 회사가 초창기여서 계약 실적이 많지 않다 보니 오정선 팀장이나 노병윤 실장이 미심쩍어했던 것도 이해가 된다. 저자 미팅이 세 번째였고, 그때까지 계약 실적도 거의 없었다. 하지만 내 열정이 잘 전달된 것인지 오정선 팀장과 노병윤 실장은 우리 회사를 믿고 책 출간을 진행하기로 했다.

옆에 있던 노병윤 실장이 조금 망설이다가 자기도 세금 책을 쓰고 싶다고 했다. 일단 기획 제안서를 만들어 출판사에 보냈는데 당시에는 세금 책 시장이 협소해서 출판사의 반응이 없었다. 그리고 2주 뒤 일반 회사들에게 제공하는 자료를 보고 창업한 지 얼마 안 된 아라크네라는 출판사에서 연락이 왔다. 신생 출판사라 저자에게 소개할지 고민이 되었다. 그러다 출판계의 아는 선배이자 소설가인 J의 부탁으로 아라크네 출판사와 미팅을 했다. J 선배의

강력한 추천으로 노병윤 실장에게 아라크네 출판사에서 책을 출간하기를 권유했고, 계약까지 일사천리로 진행되었다. 몇 개월 뒤에 책이 나왔는데 예상외로 대박이 났다. 신생 출판사라 마케팅이 약했는데 의외로 저자가 홍보에 적극적이어서 시사평론가 정관용이 진행하는 시사 프로그램에 출연해 책에 얽힌 비하인드 스토리를 들려주기도 했다. 당시 김경림 외환은행 행장이 직원 선물로 책 1,000권을 구매하여 노병윤 실장을 격려하기도 했다. 세금을 합법적으로 안 낼 수 있다는 콘셉트가 묘한 뉘앙스로 독자의 호기심을 자극했던 것 같다.

저자가 고등학교 시절 문예반 출신인 게 도움이 된 것인지 모르겠지만 딱딱한 세금이란 한계를 그 나름의 무기로 돌파했다. 가령 상속을 설명할 때는 도입부에서《흥부전》의 한 대목을 인용하고 세금을 상담해 주는 형식이었는데, 개념을 설명할 때마다 동서양의 동화나 소설들을 인용하여 독자의 이해를 도왔다. 세금이란 골치 아픈 것이라는 상식에 허를 찌르는 발상의 전환이었다. 확실히 도입부의 동화는 세금의 딱딱함을 덜어주는 감초 역할을 했다. 그 뒤 노병윤 작가에게는 라디오 방송 출연 섭외가 폭주했고 강의 섭외도 쇄도했다. 곧바로 《합법적으로 세금 안 내는 110가지 방법 2》가 출간되었고 이어 1권의 만화 편도 나왔다. 이 성공을 발판 삼아 노병윤 작가는 그 뒤 몇 권의 세금 책을 메이저 출판사에서 출간했다. 그리

《생각하면 생각대로 꼬마빌딩 건물주 되기》
(노병윤, 북오션, 2021)

〈쓸쓸TV〉에 출연한 노병윤 작가

고 이태원지점장으로 승진했다. 그 뒤 명동을 거쳐 강남 스타타워지점장을 지냈다. 아마 책 출간으로 퍼스널 브랜딩에 성공하여 은행원으로 승승장구할 수 있지 않았을까.

노병윤 작가는 만 33년을 근속하고 퇴직한 드물게 행복한 은행원으로 인생 제 1막을 마치고, 지금은 음악밴드 활동에, 국전 화가로 바쁘게 인생 2막을 살고 있다. 그리고 북오션과도 2021년에 《생각하면 생각대로 되는 꼬마빌딩 건물주 되기》라는 책을 출간했고, 북오션에서 운영하는 유튜브 채널 〈쏠쏠TV〉에도 출연해서 유튜버가 되었다. 이렇게 맺은 인연이 벌써 20년이 넘었다. 오정선 팀장의 첫 책《디지털 시대의 종횡무진 재테크》는 평범한 판매성적이었지만 그 뒤로 몇 권의 책을 더 출간했다. 나를 포함해 셋은 그 후로 지점장으로 나간 이태원이나 명동, 화곡동, 강남역점 근처에서 축하 모임을 같이하기도 했다. 두 사람과의 인연과 책 출간 경험을 바탕으로 그 후로도 은행과 증권사, 투자사에 근무하는 PB들과 20권 정도의 책을 출간했다. 금융권에 근무하는 저자들에게 책은 성실함과 전문성이라는 두 마리 토끼를 한꺼번에 잡는 일이었다. 고객들의 예금 유치와 신용을 높이는 데 도움이 되었다. 그들의 방에는 항상 출간한 책이 꽉 채워져 있는데 VIP 고객들에게 사인용으로 준다고 했다. 꼭 책이 그런 역할을 했다고 단정할 수는 없지만 분명 다른 PB들과 차별화된 것은 사실이다.

《150만원 월급으로 따라하는 10억 재테크》
(박윤옥, 영진닷컴, 2004)

그 당시 오정선 팀장과 노병윤 실장이 책을 내는 것을 보고 용기를 내어 자신도 책을 내고 싶다고 원고를 보내온 사람이 있었다. 바로 노병윤 실장의 후배이자 같은 외환은행 마두역 지점에 근무했던 박윤옥 씨였다. 나중에 《150만원 월급으로 따라하는 10억 재테크》라는 책으로 나왔는데, 이 책이 10만 부 넘게 판매되어 대박이 났다. 이런 판매의 호조는 로버트 기요사키의 《부자 아빠 가난한 아빠》가 밀리언셀러가 된 사회적 분위기와도 무관하지 않다. IMF를 경험한 지 20년이 넘었는데도 지금도 그 환난의 기억을 간직한 분들이 많이 있을 것이다.

10억은, 그 당시 IMF의 경제적 빈곤 속에 희망의 상징이었다. 《150만원 월급으로 따라하는 10억 재테크》도 이런 사회적 분위기 속에 독자들의 호응을 이끌었는지 모른다. 세 권의 책으로 인해 한성출판기획도 단박에 주목받는 회사가 되었다. 내 전공이 국문학이었고, 직전에 근무했던 출판사인 창작시대사도 문학이 주였는데, 내가 경영경제 분야의 기획자가 된 것은 우연이었다. 그렇게 에이전시와 출판사 사이에서 번역을 중개하던 한성출판기획은 전문 기획사로 발돋움하게 되었다.

출판기획사로 자리 잡기까지

국내 기획을 경영경제, 자기계발로 세분화한 후 출판기획자를 더 채용하여 트레이닝시킨 후 2명씩 세 팀으로 기획 전문성을 갖추게 했다. 인문 분야를 제외한 것은 원고가 완성되기까지 보통 6개월~1년이 걸리는 데다 기획료가 터무니없이 낮았기 때문이다. 물론 인문 시장이 협소하니 기획료를 인상할 수도 없는 노릇이었다.

처음에 받은 기획료가 50만 원이었는데, 기획을 거듭하면서 200만 원까지 인상되었다. 기획이 성과를 내면서 출판계의 인정을 받은 것이었다. 당시 기획해서 좋은 반응을 얻은 경제경영서들을 소개하면 다음과 같다. 《삼성처럼 회의하라》(김영안, 김영한 공저, 청년정신, 2004), 《1년만 미쳐라》(강상구, 좋은책만들기, 2006), 《부자들은 10원의 세금도 아낀다》(노병윤, 더난출판사, 2003), 《5년 모으고 10년 누리는 대한민국 가장 쉬운 맞벌이 재테크》(류우홍, YBM(와이비엠), 2007), 《조조와 유비의 난세 리더십》(나채훈, 삼양미디어, 2004), 《바보 주식, 똑똑한 채권》(박정일, 굿인포메이션, 2000), 《신혼부부 재테크》(지정진 외, 매일경제신문사, 2009), 《30대 이후의 인생 재테크 펀드투자로 시작하라》(강창희, 팜파스, 2004), 《적립식 펀드 투자가 부자를 만든다》(오윤관, 미래지식, 2005), 《왕초보를 위한 부동산 경매 교과서》(박갑현, 미래지식, 2010), 《주식투자, 매도하는 법부터 배워라》(김중근, 미래지식, 2006), 《39,000원

〈한성출판기획〉에서 기획한 경제경영서들

으로 시작하는 단계별 주식 재테크》(최기운, 예문, 2005).

이 책들은 당시 경제 상황과 부합하여 좋은 판매 성과를 얻었고, 한성출판기획의 경영경제, 재테크, 자기계발서 기획이 비싼 기획료에도 손해는 보지 않는다는 평가로 이어지게 했다. 그리고 출판사들이 역으로 기획 콘셉트를 가져와 저자 섭외를 요청하기도 했다. 그때 섭외한 저자의 70% 이상이 계약을 체결했다. 이렇게 출판사에서 의뢰한 기획은 기획료로 250만 원을 받았다. 왜냐하면 국내 기획은 여러 출판사를 대상으로 마케팅 영업을 할 수 있지만, 출판사에서 의뢰한 기획은 그 출판사 외에는 진행이 안 되기에 나름대로 방어권이 있는 영업방식이었다.

요즘 출판시장이 불황이라 도서 판매가 부진해 초판을 1,000부 정도 찍는 것을 감안하면 당시 기획료 250만 원은 지금 생각해도 비싼 편이었다. 그만큼 1990년대 말과 2000년대 초반에는 출판계가 호황이었다. 독자들도 지금보다는 책에서 길을 찾고자 하는 열망이 컸음을 알 수 있다.

4.
/OPTION/
문학 에이전시에 도전

언젠가 직접 에이전시를 해봐야겠다는 오랜 결심을 실천에 옮겼다. 영어와 불어권은 번역자인 K와 서울문고에서 외서를 수입했던 L을 직원으로 채용했다. 그 당시 에이전시에서는 이직이 심했는데, 돌이켜 보면 경력자를 채용하지 않고 신입을 채용한 것은 시행착오이자 전략 미스였다. 그때 내 나이가 서른네 살이었으니 시행착오를 해도 괜찮은 나이였다. 당시 내 별명이 무대뽀였다. 일단 부닥쳐 보면 실패해도 배우는 게 있다고 생각했다. 뭔가 하지 않으면 아무 일도 일어나지 않으니까. 번역자나 서점의 외서 수입관리자가 에이전트가 될 수 있을까? 불가능과의 싸움이었다.

우리와 가까운 일본 출판시장에 승산이 있다고 보고 직원을 데리고 직접 출장을 갔다. 국내 번역물의 한국어판 판권을 들여다보면 중개한 에이전시를 알 수 있다. 일본에는 토한, JFC, 사카이 에이전시가 있다. 토한은 기존에 거래했던 한국 에이전시 외에는 신규 거래를 하지 않는다고 해서 JFC와 사카이 에이전시 담당자를 만나러 갔다.

그때 일본을 처음 가봤는데 택시를 타서 보니 운전석이 우리와는 반대여서 당황했다. 우리는 운전석이 왼쪽에 있었는데 일본 택시는 오른쪽이 운전석이었다. 차선도 반대여서 차가 달려오는 느낌이었다. 영국도 운전석이 오른쪽에 있다고 한다. 얼마 전 코타키나발루를 다녀왔는데 거기도 운전석이 오른쪽에 있었다. 몇 년이 지나도 오른쪽 운전석은 여전히 낯설다. 그리고 택시 기사의 깔끔한 복장과 여유 있는 운전 매너, 친절한 태도에 놀랐다. 코로나 팬데믹이 있기 4년 전 교토에 갔을 때도 택시 기사의 운전 매너와 친절함은 여전했는데, 세월이 지나도 변함이 없었다.

일본 JFC 에이전시에 가다

2001년 당시 일본에 가서 처음 미팅한 JFC에서는 30대 초반의 여자 3명이 나왔다. 그들은 우리에게 친절했고, 판권 계약은 순조롭게 이루어졌다. 이제야 비로소 에이전시의 첫걸음을 내디딘 셈이었다.

미팅을 끝낸 후 출출해서 식당에 들어가니 어떤 사람이 벌러덩 누워 있었다. 뭐 이런 경우가 다 있나 싶어 불쾌했다. 알고 보니 휴식시간이었다. 손님이 들어왔는데도 주문을 받지 않고 휴식 및 준비 시간을 갖는다는 데서 문화적 충격을 받았다. 요즘은 한국에서도 대략 4~5시쯤 브레이크 타임을 갖는 식당들을 볼 수 있는데 일본은 20년 전에 이미 시행하고 있었던 것이다.

다른 식당을 찾아서 늦은 식사를 하고 키노쿠니야 서점에 갔다. 종각에 있던 구(舊) 종로서적이 연상되었다. 지하에 일자로 넓은 공간에 책을 진열한 교보문고와 달리 종로서적은 층별로 분야별 책이 진열되어 있는데, 키노쿠니야 서점이 종로서적과 비슷한 형태였다. 1층에 잡지와

키노쿠니야 서점에서 구입한 오르골

신간들이 진열되어 있었다. 그 많은 책들을 중개할 생각을 하니 무척 설렜다. 아동물 출판사 총람이 담긴 책을 사 왔는데 이 책이 아동물 출판사를 상대로 영업하는 데 중요한 무기가 되었다. 총람에는 일본 아동출판사가 소개되었고, 주소 등의 정보가 수록되어 있었다. 키노쿠니야 서점에서 태엽을 감아 풀면 건반이 움직이는 모습이 투명하게 보이는 피아노 형태의 오르골도 사 왔는데 지금도 간직하고 있다.

다음 날 사카이 에이전시를 방문했다. 에이전시 대표

는 40대 중반의 남성이었는데 좀 차가운 인상이었다. 미팅하는 동안 거만한 태도를 보이는 그에게서 한국을 얕잡아 본다는 느낌을 받았다. 나중에 알게 된 사실이지만 사카이 에이전시는 한국 에이전시에 단독 옵션을 주는 게 아니라 빅 타이틀 경쟁을 붙이는 걸로 유명했다. 그럴만한 타이틀이 아닌데 너무 선인세를 높여 경쟁시켰다. 우여곡절 끝에 사카이 에이전시와도 계약을 하게 되었다. 한국으로 돌아올 때 신간도 몇십 권 사 왔다. 신간이니 아직 판권이 살아있을 거라 믿었다.

출장 후 바로 빅 타이틀 오퍼 기회가 오지는 않았지만 출판사가 문의해 온 도서의 우선 판권조회가 가능했다. 그리고 차츰 단행본이나 아동도서가 계약되는 성과가 나타나기 시작했다.

에이전시 계약 추진과 도쿄국제도서전

다음 해 1월 일본 출판사와 직접 미팅을 했다. 그때 미팅한 출판사가 대화(大和)출판사, 고단샤, 일본경제신문사, 소학관, 크레용하우스 출판사 등이었다. 당시 약속 시간에 자꾸 늦는 한국인을 코리안 타임이라 불렀는데, 나는 이 말을 듣지 않으려고 미팅 시간 10분 전에 도착하곤 했다. 일본인은 시간관념이 정확하다는 인식이 있었기 때문에 시간을 잘 지키는 게 중요하다고 생각했다. 일본 출판사는 대부분 사옥이 있었으며 시내 중심에 위치해 있었다. 지금이야 한국의 대형 출판사들도 사옥이 있거나 시내 중심에 자리하고 있지만, 당시에는 외진 골목이나 언덕 꼭대기에 있는 경우가 많았다.

그해 3월에 열리는 일본 도쿄국제도서전에 에이전시로 참가했다. 도서전에 참가해서 국내 출판사와 같이 일본 출판사와 미팅을 하게 되어 뿌듯했다. 일본 출판사뿐만 아니라 JFC나 사카이 에이전시와도 미팅을 했다. 그리고 출판사 부스에서 샘플 책과 카탈로그도 많이 얻어 왔다. 일정 중 시간을 내서 일본 최대 출판사인 고단샤를 방문한 게 기억에 남는다. 엄청난 규모의 고단샤는 엘리베이터를 타고 올라가야 했는데 안내하는 엘리베이터 걸도

일본 도쿄국제도서전에 참가할 당시 모습

있었다. 요즘 아파트 엘리베이터를 타면 LED 전광판에 실시간 뉴스가 올라오듯 그 당시에도 뉴스들이 자막으로 올라오는 게 신기했다.

그때 우리를 맞은 고단샤 담당자는 호시노 부장이라고 50대 후반이었다. 연륜에서 오는 여유랄까? 일본인치고는 좀 편안한 인상이었다. 호시노 부장에게 안내되어 고단샤 내부를 둘러보는데 그 시설과 규모에 놀랐다. 20년 전에도 이게 출판사인가 싶을 만큼 훌륭했다. 몇 년 전 한국의 코엑스에서 열린 서울국제도서전에 참가한 호시노 부장을 만난 적이 있다. 같이 점심으로 초밥 정식을 먹었는데 일본보다 더 맛있고 푸짐하다고 말했던 게 기억난다. 얼마 전 호시노 부장이 작고했다는 소식을 들었는데 청춘의 기억이 저무는 기분이었다.

일어권은 성인물, 영어와 불어권은 주로 아동물이 계약되기 시작했다. 인디북이라고 톨스토이 책을 낸 출판사가 있었는데 MBC 교양 프로그램 〈책책책 책을 읽읍시다〉에 톨스토이 단편집이 선정되어 단기간에 100만 권이 넘게 팔려 대박이 났다. 그 자금을 바탕으로 아동물에 집중적으로 투자했는데 우리 /OPTION/에이전시와 100여 권을 계약해 회사 입장에서 큰 도움이 되었다. 그 뒤에도 《백범일지》 등 〈책책책 책을 읽읍시다〉에 소개되는 책마다 대박이 났는데 지나고 보니 그만한 독서 교양 프로그램이 없었던 것 같다. TV에 PPL로 책을 노출하려면 광고비가 1억이 넘는다고 한다. 출판시장이 불황인 현실에서 보면 100만 권도 더 팔리던 그때 그 시절이 그리울 따름이다. 그때 운영했던 에이전시 이름이 /OPTION/에이전시였다. /(슬래시)는 외국과 한국 사이라는 뜻으로 양국 사이에서 에이전시 이득에만 눈을 밝히기보다 양국의 입장을 대변해 보겠다는 능동적인 발상이었다. 출판사 근무 시절부터 에이전시 업무를 하면서 에이전시들을 경쟁시켜 선인세를 높이는 걸 보고 느낀 바가 있었기 때문이다.

볼로냐 국제아동도서전에 가다

2001년 3월 일본 도쿄국제도서전에 이어 4월에 이탈

이탈리아 볼로냐 국제아동도서전에 참가할 당시 모습

리아 볼로냐 국제아동도서전에도 참가했다. 담당 직원과 처음 가본 유럽 출장이었다. 영미권은 아직 판권 조회 정도만 하고 있었던 때였다. 아동물은 그나마 거래의 진입장벽이 낮아 프랑스, 독일, 그리스, 네덜란드, 스위스 등과 조금씩 계약이 늘어나고 있었다.

이탈리아까지 11시간이나 걸렸는데 진짜 길고 답답한 여정이었다. 중간에 담배라도 피우면 나을 텐데. 잠을 자고 영화를 봐도 시간이 정말 안 갔다. 그렇게 꾸역꾸역 견디며 처음 발을 내디딘 이탈리아 볼로냐. 그때 볼로냐에 대한 첫 느낌은 한국의 광주를 떠올리게 했다. 한적하고 조용한 도시라는 느낌을 받았는데, 군대에서 전역한 지 얼마 되지 않아 광주 상무대에서 교육받을 때의 느낌이 떠오르는 듯했다.

도서전은 3박 4일의 일정이었는데 한국에서 미팅을 잡은 출판사가 5~7개였던 것으로 기억한다. 미팅 시간에 해당 외국출판사 부스로 찾아가 에이전트와 미팅을 진행했다. 미팅은 10~15분 정도 소요되었고, 회사 소개와 함께 외국 출판사가 주는 카탈로그를 받고 우리가 찾는 분야의 책이 있는지 문의하는 내용으로 진행되었다. 그리고 휴식 시간이 생기면 무작정 부스 주변을 걸으면서 일러스트가 예쁜 책을 전시한 출판사에 미팅을 신청했다. 그중에 아동물 출판사와는 거의 미팅을 진행할 수 있었다. 출장 3일 차에 함께 온 출판사들은 나폴리나 베네치아로 관광을 떠났다. 그때 나는 직원과 함께 거래처를 하나라도 더 확보하려고 미팅하느라 정신없이 보냈다. 매일 아침 먹는 뷔페식 식사가 느끼해서 라면이 너무 먹고 싶었다. 그래서 다음 해부터는 팩 소주와 라면, 김치도 준비해 갔다.

한국으로 돌아와서 미팅자료를 정리하고 있으니 한 달 이내에 신청한 샘플 도서들이 대부분 도착했다. 외국 출판사의 카탈로그 역시 소중한 보물처럼 받아왔다.

프랑크푸르트 도서전 참가

몇 년 전에 우리나라도 독일 프랑크푸르트에서 주빈국으로 도서전 행사의 중심이 된 것처럼 2002년 프랑크푸르트 도서전에 참가했을 때는 크로아티아가 주빈국이었다. 요즘은 한국인들에게 관광지로 유명하지만 동유럽의 작은 나라라 여겼던 크로아티아가 주빈국 행사를 치른 것이 놀라웠다. 아동물 도서 수준도 높았다. 한국으로 돌아온 후 한 출판사에서 아동물 번역을 의뢰받았는데 네덜란드 책이었다. 네덜란드어 번역자가 많지 않은 데다 국내 전공자가 거의 없어 번역자를 구하는 데도 애를 먹었다. 프랑크푸르트 도서전에 함께 간 직원 두 명 중 영미권 담당자는 아동 출판사와 미팅하고, 독일어권 담당자는 신규 계약을 진행하기로 했다. 대륙별로 부스가 나뉘었고, 성인 단행본과 아동물이 다르게 배열되어 있었으며 셔틀버스로 이동할 만큼 넓었다. 담당자와 부스별로 찾아다니며 출판사들과 미팅했다. 마지막 날 전시회 부스 칸막이가 철수되는 순간까지 미팅을 계속했다. 한국에서 미팅을 약속한 곳은 적었지만 내가 미리 부스를 둘러보고 명함을 주고받아 미팅을 잡고 에이전트 직원과 함께 즉석에서 미팅한 경우가 많았다. 그 당시에 독일어권 책은 한국에 많이 알려지지 않아 독일 출판사들도 우리 에이전시와 미팅을 요청해 미팅을 한 곳이 많았다. 볼로냐 때처럼 통상 마지막 날은 관광하며 보냈는데, 직원들과 나는 하이델베르크의 성에도 가지 않고 신규 영업에 사활을 걸었다.

낮에 중앙역에 가보니 벤츠 택시들이 길에 늘어서 있었다. 국내의 현대자동차와 같이 독일 국민차 벤츠가 내수시장에서 택시로 활용되는 건 당연한 일인데도 그 모습이 인상적이었다. 지금까지 그렇게 많은 벤츠가 일렬로 쭉 늘어서 있는 모습을 본 것은 처음이었다. 출장 마지막 날을 기분 좋게 보내고 공항에 도착했는데, 난감한 상황이 기다리고 있었다. 들고 간 캐리어 공간이 부족해 새 캐리어에 각국의 카탈로그와 샘플 책을 담아 한국으로 보냈는데, 수하물 초과로 인한 오버차지 요금을 내야 한다고 했다. 출장 때 그렇게 많은 짐을 보낸 적이 처음이라 295만 원이라는 오버차지 비용을 듣고는 깜짝 놀랐다. 독일에서 4박 5일간 체류한 비용이 1인당 170만 원 정도였으니 오버차지 비용치곤 엄청난 금액이었다. 보낸 캐리어를 다시 되돌릴 수도 없고 처음 겪는 일이라 어떻게 할 방법이 없어 망연자실한 채 귀국길에 올랐다. 돌아오는 비행기 안에서 생각해 봐도 참 어이없었다.

한국으로 보낸 카탈로그와 샘플 책이 오버차지 비용을 뽑고도 남을 거라고 어깨에 앉은 근심을 툭툭 털어버리고 일상으로 돌아왔다. 그때 서울은행에서 처음 든 적금이 만기가 됐다고 연락이 왔다. 처음 타본 만기 적금 300만 원은 그렇게 오버차지 비용으로 충당되었다. 세월이 상당히 흘렀지만 그때 오버차지 사건은 지금도 기억이 생생하다. 출장비와 수하물 오버차지 비용을 감당하기 위해 열심히 발품을 팔았다. 우선 한국에 돌아오자마자 샘플 책과 카탈로그를 요청했다. 한 달쯤 지난 뒤에 샘플 책과 카탈로그가 도착했다. 뭔가 되어 가는 느낌이었다. 그리고 독일어권은 영어권이나 일어권보다 한국 시장에서 경쟁이 덜 했기에 나름대로 전망도 밝았다.

/OPTION/ 문학 에이전시로 자리 잡다

프랑크푸르트 도서전 때 한 방을 썼던 인연으로 이론과실천 출판사의 김태경 사장님을 만나게 되었다. 내가 대학 시절 문학평론을 배웠던 박대호 선생과 대학 동기여서 금방 친해졌다. 미팅 후 밤에 술잔을 기울이며 출판의 어려움을 토로하고 진심 어린 조언을 얻었던 뜻깊은 시간이었다.

한국에 와서도 이론과실천 출판사와 외서 계약을 많이 진행했다. 특히 김 사장님은 외서를 보는 안목이 있어 우리가 소개하는 책보다 본인이 찾은 책으로 오퍼를 진행해 주었다. 김 사장님의 오퍼는 판권이 살아있으면 계약이 진행되어 /OPTION/에이전시가 자리 잡는 데 도움을 주었다.

하지만 선인세 진행비 20만 원에 도서 건별 수수료가 10%였으니 에이전시 수익은 그리 많지 않았다. 만일 선인세가 만 달러라면 수수료 10%로 1,000달러인데, /OPTION/에이전시는 신생 회사라 그런 빅 타이틀은 언감생심이었다. 더구나 기존 에이전시가 독점권을 가지고 있어 쉽지 않았다. 그래서 주로 아동물이나 실용서 등 다양한 책들을 계약해야 했다. 에이전시는 외서 미팅을 진행하고 번역을 의뢰했으며, 기획사는 국내물 기획을 진행했다. 에이전시와 기획사는 한 사무실에 있었으나 문을 사이에 두고 별도의 공간처럼 사용하고 있었다.

그때까지 /OPTION/에이전시는 신규였는데 자회사 한성출판기획이 국내물 기획에 연달아 계약하게 되자 에이전시의 영업력을 높이는 데 도움이 되었다. 에이전시에서는 외서 계약을 진행한 후 번역을 의뢰하고, 한성출판기획에서는 국내물 기획 계약을 진행하면서 선순환이 이루어졌다. 하루에 국내물 기획을 11권 계약한 적도 있었다. 그해만 국내 기획 계약을 150~200여 권 했는데, 그렇게 몇 년간 계약했으니 국내 기획에서는 가히 독보적인 회사가 되었다. 참신한 기획 콘셉트로 계약하고 기획료를 선불로 받아 회사 운영비로 먼저 쓰는 방식이었다.

물론 모든 일이 순조로운 것은 아니었다. 계약한 책 중 10~15% 정도는 원고 진행에 문제가 생겼다. 한두 달 정도 원고 진행이 늦어지는 것은 출판사도 이해했다. 하지만 저자 가족 중에 누가 중병에 걸려서 원고 진행이 무산되기도 했고, 외국으로 MBA 취득차 유학길에 오르는 경우도 있었다. 중요한 보직으로 이동하여 바쁘다는 이유로 원고 진행이 중단되기도 했다. 짧은 글을 써본 경험이 있더라도 한 권의 책을 내기에는 역량이 떨어져 자연스럽게 포기하는 경우도 있었다.

이럴 때는 미리 받은 출판기획료를 반환하거나, 다른 기획으로 대체했다. 하지만 저자 프로필과 샘플 원고를 보고 계약해서 원고를 다 넘겼는데 문제가 생기는 경우도 있었다. 출판사에서 생각한 원고가 아니라며 거의 새로 써야 될 정도로 좀 무리하게 요구해 올 때는 난감했다. 마치 기획사를 요술 방망이로 아는 듯했다. 기획사를 하청업체로 대하는 편집자들도 있었다.

그래서 나온 대비책은 샘플 원고 후에 완성된 원고를 다 넘기는 게 아니라 1/3 정도 분량의 원고를 쓰면 출판사에서 OK 사인을 받고 진행하는 것이었다. 그것이 저자와 출판사, 기획사 모두가 만족할 만한 합리적인 방안이었다. 그렇게 난관을 하나씩 극복하며 어렵게 책이 출간되었다. 간혹 책 소개가 신문 기사로 나기도 했는데, 당시 신문 매체의 정보력과 신뢰도가 높았을 때라 주말 북섹션 1면에 기사가 나가는 것은 굉장한 일이었다.

북섹션 1면에 실린 《1년만 미쳐라》

소규모 신생 출판사인 좋은책만들기에서 펴낸 강상구 저자의 《1년만 미쳐라》가 동아일보 북섹션 1면에 기사로 실렸다.

《1년만 미쳐라》
(강상구, 좋은책만들기, 2006)

저자가 삼성에서 퇴직한 후 무엇을 할까 고민하기에 위험한 창업보다는 대기업에 근무한 경험을 책으로 써보라고 미팅 때 권유했었는데 그렇게 쓴 첫 책이 대박 난 것이었다. 저자는 40대 중반에 쓴 이 책을 발판으로 개인 연구소를 만들고 강연과 책 쓰기로 인생 2막을 열었고, 출판사도 한 단계 더 성장하게 되었다. 그때 책이 잘 돼서 나에게 고맙다고 말했던 강상구 저자와의 인연은 북오션에서 《1년만 미쳐라》를 출간한 후에도 계속 이어지고 있다.

두 번째 볼로냐 도서전 참가의 성과

2002년 3월 이탈리아 볼로냐 국제아동도서전에 두 번째로 참가했다. 독일어권 에이전트 직원이 들어와 영어권 직원까지 셋이 출장을 가게 되었다. 출장비로 몇백만 원이 들어 부담이 되었지만 투자 없는 성과가 어디있겠나 하는 심정으로 부푼 꿈을 안고 도서전에 참가했다. 영어권 단행본 출판이 부진해서 아동물 계약을 늘리고자 독일어권과 영어권 담당자 두 명을 데리고 간 것이다. 함께 가니 서로 의지가 될 거라는 생각도 들었다. 나는 전시관을 다니며 미팅을 하고 싶은 출판사와 미팅 일정을 잡거나 카탈로그를 모았다. 한국으로 돌아가면 이게 다 자산이지 싶었다. 하지만 영어권 에이전시와 현장에서 접촉해 즉석에서 미팅을 진행하려던 계획은 실패로 돌아갔다. 그리고 러시아, 헝가리 등 국내에 소개가 잘 안 된 나라 부스도 찾아다녔다. 간혹 영미권 출판사와 미팅을 하려고 전시관을 둔 대형 출판사에 들어가서 영업하려다 입구에서 막히기도 했다.

국내에서 /OPTION/에이전시 소개장과 그간 한국의 출판사와 계약한 실적을 첨부해서 외국 에이전시에 보내도 아무 소식이 없었다. 도리어 한국 담당 에이전시에 메일을 보내 내가 보낸 메일을 돌려 보내는 비매너를 보였다. 그러고 나서 한국 담당 에이전시에서는 메일이나 전화로 자기들이 외국 에이전시와 독점으로 일하니 끼어들지 말라고 나에게 경고하기도 했다. 외국 에이전시를 상대로 한국 에이전시들끼리 밥그릇 싸움을 하는 것 같아 결국 영업을 접었다.

저녁에 직원들과 이탈리아 식당에 가서 파스타와 스테이크, 와인을 먹었는데 식사 비용이 10만 원이 조금 안 되었다. 이탈리아 식당이어서 리라로 받았는데 우리 돈으로 15만 원 정도였다. 그 당시에는 한국 돈이 이탈리아보다 1.5배 더 가치가 높아 생긴 이득이었다. 지금은 이탈리아도 EU에 가입하여 유로화를 쓰는 바람에 추억이 된 일이지만 지금도 기억에 남아있다. 이제는 어디에도 써먹을 수 없지만 리라 동전을 보며 그때의 추억을 떠올린다.

그때 /OPTION/에이전시는 영어, 불어, 독일어, 일어, 중국어권 등 모든 언어권을 다 커버할 수 있는 에이전시가 되었다. 3월에 이탈리아 볼로냐, 4월에 일본 도쿄, 중국 베이징, 11월에 프랑크푸르트 등 바쁜 해외 출장으로 1년이 숨 가쁘게 지나갔다.

베이징국제도서전에 가다

2000년대 초반의 중국은 지금과는 매우 달랐다. 베이징국제도서전에 참가해서 받은 중국 책을 아직도 갖고 있는데 그때는 중국 고전이 많았고 소설이나 아동물은 적었다. 지금에야 다양한 책을 출간하지만 당시에는 분야가 제한되어 있었다. 지금도 중국은 공산국가이지만 그때도 공안이 버티고 있었고 마감 시간이 조금만 넘어도 막

당시 진행했던 중국 도서 샘플

고함을 질렀다. 왠지 대들면 잡혀갈 분위기였다. 그때 기존 에이전시도 아직 중국어권 도서를 거의 취급하지 않았고 신원에이전시가 그중 제일 활발하게 중국어권을 소개하고 있었다. 오후 6시쯤 도서전 공식 일정이 끝나면 베이징 시내에 있는 신화서점에 가서 책도 보고 신간들을 다양하게 사 왔다. 각 층마다 연결되는 에스컬레이터가 있는 게 신기했고, 저녁에는 왕푸징 거리에 가서 중국 요리도 먹었다. 세월이 거의 20년이 지났는데 어느 날 회사 앞에 점심을 먹으러 갔더니 만둣가게 이름이 왕푸징 만두였다. 북경 도서전에 갔을 때가 떠올라서 반가웠다.

왕푸징이 만두로 유명한 거리였는지는 모르겠으나 그 상호를 보니 빙그레 웃음이 절로 나왔다. 나라마다 다르겠지만 위생과 비위생도 보는 관점에 따라 다르다고 한다. 전시장 화장실을 갔는데 큰일을 보는 화장실에 문이 없었다. 큰일을 보는 사람이 신문을 보고 있으면 기다리는 사람도 앉아서 같이 반대편 신문 기사를 보고 있었다. 참 난감하고 적응이 안 되었다. 다행히 묵고 있던 호텔이 멀지 않아 전시장에서 택시를 타고 호텔 화장실로 갔다. 벌써 20년 전의 일이니 지금은 많이 바뀌었을 것이다.

그 당시 중국은 4개의 성(省)으로 참석했는데《임어당 에세이》계약에 관해 문의하니 놀랍게도 각 성의 출판사들이 모두 계약할 수 있다고 했다. 그때 중국은 저작권에 가입해 있었지만 아직 저작권에 대한 개념이 정착되지 않아 혼선을 빚고 있던 시기이기도 했다. 지금 생각하면 코미디 같지만, 4개의 성이 모두 계약할 수 있다는 게 황당한 일이었다.

밤에 거리에 나가 쇼핑도 하며 거리를 걸어봤는데 코카콜라 비슷한 것을 팔고 있어 일부러 사서 먹어보니 맛이 좀 희한했다. 커피 맛도 이상했다. 그때 중국에 이미 맥도날드가 들어와 있어 아메리카노를 주문했는데, 그때 비로소 진짜 커피다운 커피를 마시는 느낌이었다.

중국도 초창기라 에이전트도 친절했고 샘플 책도 넉넉하게 주었다. 하지만 지난 독일 출장에서 겪었던 오버차지 사건을 되새기며 한국에 부칠 수화물 무게가 초과되지 않도록 신경 썼다. 그렇게 중국 출장도 별 탈 없이 무사히 끝내고 돌아왔다.

타이베이국제도서전에 가다

다음 해 2월 타이베이국제도서전에 참가했다. 우리처럼 한 민족이지만 체제가 다른 대만과 중국. 같은 언어를 사용하지만 분위기는 천양지차였다. 대만과 중국의 도서전을 비교해 보고 싶은 호기심이 생겼다. 설렘과 기대감을 안고 대만으로 향했다. 대만에 도착해서 보니 도심이 그리 발전해 있다거나 미관이 깨끗한 느낌은 아니었다. 가이드의 설명에 따르면 대만인들은 허례허식을 제일 싫어해서 외관을 치장하기보다 내실을 더 중요시한다고 했다. 그리고 눈에 띈 것은 차보다 도로를 더 많이 달리고 있는 스쿠터의 모습이었다. 대만 면적은 우리나라의 경상도와 부산 크기만 해서 지진 위험 때문에 고층 건물이 드물다고 했다. 도시 매연 때문에 운전면허증 수를 제한해 놓고 사망이나 사고로 면허증을 반납하지 않으면 신규 면허 발급이 불가능하다고 했다. 대신 스쿠터를 자가용 보조수단으로 사용하고 있었다. 왠지 이광요 수상이 이끌던 싱가포르가 생각났다. 강력한 규제가 있는 자본주의 국가의 이미지였다. 전시장은 도쿄국제도서전 내부처럼 깔끔했다.

대만의 도서전에는 좀 특이한 점이 있었다. 그때까지도 대만은 저작권 가입국이 아니라는 점이었다. 이 말은 그 당시 대만이 세계 어느 나라의 책도 저작권 허가 없이 번역, 출판할 수 있고, 다른 나라 역시 대만 책을 허가 없이 번역, 출판할 수 있다는 말이다. 대만은 한자문화권이지만 대만 책을 번역하는 나라는 많지 않았다. 아직 국제 저작권협회에 정식 가입은 안 되어 있어도 자발적으로 저작권 계약을 맺으려는 대만 출판인들의 마인드가 신선했다. 우리나라도 저작권에 가입하기 전에는 노벨문학상이 발표되면 서로 빨리 번역서를 내고자 경쟁하던 때가 있었다. 처음 가보는 대만의 도서전은 중국보다는 책의 분야가 다양했다. 그리고 에세이나 아동도서는 책의 제본 상태나 컬러가 중국 책보다는 한 수 위였다. 그런데 도서전에 참가한 대만 출판사의 수가 생각보다 적었다.

다음 날 도서전 미팅을 중국어권 직원에게 맡기고 국립대만박물관에 가봤다. 이탈리아 볼로냐나 프랑크푸르트, 중국, 일본 도서전 때에는 항상 도서전 안에서 미팅을 잡거나 카탈로그를 수집했다. 나폴리나 하이델베르크, 만리장성 등을 한 번도 못 가본 아쉬움이 컸다. 다음 날 도서전에 참가하러 왔던 국내 출판사 참석자들과 국립대만 박물관에 갔다. 몇 년 후에 일본 우에노에 있는 국립박물관에도 가보게 되었지만 그때가 처음 가보는 다른 나라의 국립박물관 체험이라 기대가 되었다. 장개석이 중국을 탈출해서 대만 정권을 수립했을 때, 중국의 보물을 다 가져갔다고 했다. 그때 가져온 보물이 너무 많아 다 진열할 수 없어 6개월마다 바꿔 전시할 만큼 보물이 많다고 했다. 그때 가이드가 했던 말 중 기억나는 게 있다. 삼성그룹 이병

국립대만박물관에서 사 온 기념품

철 회장이 제주도를 사서 줄 테니 박물관의 보물을 팔라고 했다는 것이다. 그게 어떤 보물인지 직접 보았는데 사진을 찍지 못해 아쉬웠다. 박물관에서 사 온 기념품은 지금도 갖고 있다. 그것을 볼 때마다 그때의 감흥이 되살아난다.

낮에 관광을 끝내고 밤에 출출해서 방을 같이 쓰는 출판사 대표와 시내를 나갔다. 대만 시내는 우리나라의 지방도시처럼 평범한 느낌이었다. 돌아오는 길에 편의점에서 술과 안주, 컵라면을 샀다. 글자를 몰라 빨간 고추가 뚜껑에 그려져 있는 얼큰한 것으로 몇 개 사 왔다. 뒤풀이로 소박한 술자리였다. 컵라면 국물을 안주 삼아 술을 마셨는데, 국물이 정말 매웠다. 그때 당시 매운 것을 나름대로 잘 먹는다고 생각했는데, 술이 확 깰 만큼 매웠다. 청양고추보다 훨씬 매운 할라페뇨(멕시코 고추)를 넣었던 것 같다. 대만에 오기 전에 바로 다녀온 곳이 중국이라 두 나라가 더 비교되었다. 세월이 거의 20년이 지났어도 중국과 대만은 그때처럼 먼 거리에 있다. 우리나라도 북한과 여전히 대치하고 있다.

두 번째 프랑크푸르트 도서전 참가

2018년 10월에 독일 프랑크푸르트 도서전에 참가했다. 외서를 출간하기 위해 정보를 찾기보다 전시회 참가에 목적이 있었다. 11시간을 독일 항공 루프트한자를 타고 가는 장거리 비행이었다. 2002년에 프랑크푸르트 도서전에 처음 갔으니 16년 만이었다. 기대되고 설렜는데 그때보다 나이가 들어서인지 힘들게 느껴졌다. 2002년 비행 때도 독일 루프트한자에 탑승했는데 그때는 간식으

독일 프랑크푸르트 도서전 전시물

독일 프랑크푸르트 도서전 참가 당시 모습

로 신라면 컵라면과 곰 인형 2마리를 주었다. 이번 여행에는 그런 서비스가 없어 아쉬웠지만 추억을 떠올리며 독일에 도착했다. 그때도 국제도서전 전문여행사 CNC를 이용했는데 2002년도에 함께한 직원이 이제 이사가 되어 동행했다. 직원이 그만큼 오래 근무하는 여행사라 더욱 신뢰가 갔다. 이번 도서전 일정은 독일에서 3일, 영국에서 2일로 예정되어 있었다. 도서전 일정은 대부분 전시관 관람이었다. 16년 전에는 대륙별로 전시관이 나뉘어 있어 셔틀버스로 이동해야 될 만큼 전시장이 넓었다. 영미관, 유럽관을 다 둘러보려면 4박 5일도 짧게 느껴졌다. 그때는 에이전시 직원이 2명인데다 외국 출판사들과 미팅하느라 전시장 구석구석을 가보지도 못했다. 바빠서 현지 독일인처럼 음료와 딱딱한 바케트 빵을 먹었다. 전 세계의 주요 출판사들이 다 온 듯했다. 낯선 외국에서 파란 하늘을 보고 잠시 쉬며 담배를 피우고 있자 바쁜 한국에서의 시간이 멈춘 듯했다. 16년이 지나서 다시 온 프랑크푸르트 국제도서전. 장소도 그대로이고, 기간도 10월로 비슷한데 규모는 예전의 1/4 정도밖에 안 될 만큼 축소되

독일 하이델베르크 성

었다. 우리나라뿐만 아니라 전 세계의 출판이 불황이라는 사실을 실감했다. 한 건물이라 셔틀버스를 탈 필요도 없고 이틀이 지나자 더는 볼 게 없을 정도였다.

16년 전에는 나도 젊고 혈기가 왕성했는데, 이제는 나이 많은 축에 끼어 옛 추억만 덩그러니 남은 듯했다. 에이전시 할 때처럼 미팅하지 않으니 마음이 편했다. 그때 하지 못했던 하이델베르크 관광도 했다. 처음 가본 하이델베르크 성의 해시계를 보고 와인 저장고에서 새로운 추억을 만들었다.

독일에서의 도서전 일정을 마치고 이틀 일정으로 영국에 갔다. 먼저 옥스퍼드 대학교에 들렀다. 가이드가 벤츠 승용차로 안내해 주었다. 빌 클린턴 미국 대통령이 지냈다던 기숙사 앞에도 가봤다. 옥스퍼드는 유학생 중 미국 대통령을 배출했다는 자부심이 대단하다고 했다. 그래서 클린턴 미국 대통령이 지냈던 기숙사도 관광상품으로 만들었다고 했다. 옥스퍼드 대학은 단과대별로 졸업을 하는데, 마침 졸업식이 있는지 학사모를 쓴 학생들이 보였

영국의 2층 빨간 버스와 옥스퍼드 대학 구내 서점

영국 템스강과 코츠월드 마을

다. 구내 서점에 들러 기념으로 책을 몇 권 샀다. 옥스퍼드 대학을 나오니 버킹엄 궁전과 빅벤, 국회의사당이 보였다. 템스강과 2층 빨간 버스도 구경했으나 시간이 없어 내부는 보지 못했다. 영국 지하철도 타보았다. 승객 의자의 간격이 비좁고 천으로 되어 있는데, 그리 청결해 보이지 않았다. 한국 지하철이 훨씬 깨끗하고 좋았다.

다음 날 런던에서 1시간 떨어져 있는 코츠월드라는 마을에도 가봤다. 석회암으로 만든 집 100여 개로 이루어진 마을로 퇴직해서 전원생활이 가능한 부유한 사람들이 산다고 했다. 독일과 영국에 다녀오고 난 다음 해 전 세계에 코로나가 창궐했다. 그 전에 다녀오기를 잘한 것 같다.

/OPTION/ 문학 에이전시를 접기까지

2004년 새해가 되어 3월에 열린 일본 도쿄국제도서전에 다녀왔다. 그 후 4월에 에이전시를 접기로 결정했다. 담당 에이전트는 총 6명이었는데, 에이전시를 그만두기로 한 것은 투자 비용 대비 수익이 낮았고, 직원들을 관리하기 어려웠기 때문이다. 외국어 전공자들은 개인적 성향과 이기적인 태도를 보이는 등 국내 기획자들과 달랐다. 하지만 결정적인 이유는 영미권 단행본 에이전시로 진입하기 어려웠기 때문이다. 기존 한국 에이전시가 진행하고 있는 독점적 권리를 가져올 수가 없었다. 에이전시 근무 경험도 없이 무대뽀로, 진정성과 아이템만 믿고 시작했는데 영미권 에이전시나 출판사의 굳건한 문은 쉽게 열리지 않았다. 이메일을 보내고, 외국 도서전에 참가해 현장 담당자를 찾아가도 만나지 못하고 입구에서 퇴짜맞기 일쑤였다. 에이전시를 통해 전 세계의 다양한 책을 소개하고 싶었고, 출판사 재직 시 가졌던 에이전시에 대한 불만을 시원하게 날려버리고 싶었는데, 결국 그렇게 하지 못했다.

출판사들은 다양한 책보다는 팔릴 만한, 그리고 가격이 좀 비싸도 빅 타이틀을 찾았다. 그리고 가격 경쟁은 비난하면서도 막상 타이틀이 욕심 나면 안중에도 없는 이율배반적인 모습에 에이전트로서 비애감을 느꼈다. 그래서 출판사에서 받은 선인세를 가지고 있다 환율이 좀 떨어질

때 송금해서 단돈 몇만 원이라도 되돌려주거나, 선인세 경쟁을 안 하고 제일 처음 오퍼를 넣은 출판사와 진행해서 선인세 경쟁을 없애려 했다. 그러나 내가 경쟁 없이 선착순으로 오퍼를 받으면 우리에게 외서 정보를 받고는 좀 비싸게 다른 에이전시와 계약하는 경우도 있었다. 그렇게 자괴감이 계속 쌓이다 결국 에이전시 폐업을 결정하게 된 것이다.

5년간 천 건이 넘는 외서 계약을 진행했는데, 폐업 처리를 하려니 조금 막막한 심정이었다. 회사를 나간 직원들은 공동으로 사무실을 쓰면서 각자 언어권을 담당하는 에이전트가 되었다. 국내 출판사들은 그리 문제될 게 없었다. 계약 진행 건은 계약 기간을 계약서대로 지속하다 연말에 인세 보고를 하면 되었고, 계약 기간 만기가 도래하면 다른 에이전시와 재계약을 하라고 안내했다. 걱정했던 만큼 에이전시 폐업에 따른 큰 혼란은 없었다.

나중에 외국에서 문의할 경우와 국내 출판사에서 재문

의가 올 경우를 대비해 계약서류들을 분류 정돈해서 지하 사무실에 보관해 두었다. 이후에 국내 출판사의 문의보다는 외국 출판사나 에이전트들의 담당자가 바뀌었는데 선인세를 못 받았다는 메일이 더 많이 왔다. 처음에는 생돈 물어주는 거 아닌가 싶어 혼비백산하여 에이전시 서류 타이틀을 뒤졌다. 다행히 서류는 있었지만 몇 개월에 한 번씩 외국 에이전시에서 선인세를 안 받았다고 뻔뻔하게 메일을 보내곤 했다. 나라별로 다양해서 실수라고 하기에는 외국 담당자들의 양심이 실종된 느낌이 들 만큼 어이가 없었다. 이런 일이 계속 반복되어 그 서류를 폐기하는 데 거의 10년이 걸렸다. 에이전시를 몇 개월에 걸쳐 정리하고 나자 다시 뭔가 새로운 아이템이 필요했다.

5.
편집대행사를 시작하다

고민 끝에 편집대행사를 해보기로 했다. 에이전시나 편집대행사는 직접 경험해 본 분야는 아니었지만 일단 말이 통하고 디자인이나 편집은 경험이 쌓이면 숙련되고 실력도 늘 거라는 생각이 들었다. 그리고 국내 기획을 진행해서 출판사에 원고를 넘기고 출간된 책들이 마음에 안 드는 경우가 종종 있었다. 출판사에 1년 10개월밖에 근무하지 않았어도 편집에 대한 감각이 있다고 생각했다. 그래서 편집에 대한 아쉬움과 미련이 있었던 것 같다.

편집대행사를 사업으로 시작하는 것은 또 다른 모험이었다. 그때 〈디자인 86〉이나 〈때깔〉 등 몇십 개가 되는 1인혹은 소규모 편집대행사가 있었다. 책 한 권도 끝까지 OK 교정을 내본 경험이 없는데 편집대행사가 가능할지 궁금했다.

기획부터 저자 섭외, 샘플 원고 가이드, 원고 완성까지 기획자의 영역에서 한 걸음 더 나아가 편집까지 해보고 싶었다. 국내물을 기획해서 원고를 완성하면 회사에서 편집하는 시스템이었다. 일단 결정하면 뒤도 안 돌아보고 부닥쳐 보는 성향이라 바로 디자이너부터 충원하기 위해 잡코리아에 구인 광고를 올렸다.

두 달쯤 지나 경력 디자이너를 한 명 뽑았다. 그 디자이너를 데리고 충무로에 가서 매킨토시 중고를 사 왔다. 맥을 사러 다니면서 디자인 전문지 월간 《디자인》이 있다는 것을 알게 됐다. 바로 연간 구독을 신청했다. 일단 디자이너를 구했고 여러 출판사에 편집대행사를 한다고 홍보했다. 당연히 큰 출판사는 시큰둥한 반응이었다. 시작이 반이라고 출판기획을 오래한 출판사에 영업해서 편집 대행을 시작했다. 그때가 2004년 5월 중순이었다. 바로 그 시점에 현재의 사무실이 있는 서교동 북오션빌딩을 매매 계약했다. 정확하게는 2004년 5월 15일에 계약을 체결했다. 기획사 창업이 1999년 3월 말쯤이었으니 대략 5년 만에 건물을 산 셈이었다. 내가 건물주가 되다니! 지금은 그 당시 건물 매매가의 8배 넘게 올랐으니 지금 생각해도 현명한 결정이었다.

그 당시 동교동으로 이사 온 지도 4년을 넘어가고 있었다. 건물주에게 준 임대료만 5천만 원이 넘었다. 매월 1, 2층 사무실 월세로 나가는 돈이 부담스러웠다.

HSB에이전시의 추억

2009년 5월 일본어권 전문 에이전시 HSB에이전시를 시작했다. 2004년에 /OPTION/에이전시를 접은 지 꽤 시간이 흘렀지만, 미련이 남아 이번에는 일본어권만 집중적으로 해보기로 했다. 에이전트 구인 광고를 내니 M이라는 일본 사람이 지원했다. 한국에 꽤 오래 살았고, 남편도 한국인이라 일본 사람처럼 느껴지지 않았다. 성격도 무난해서 다른 직원들과 융화되는 데 무리가 없었다. 3개월마다 비자 연장을 하기 위해 일본을 방문할 때에야 비로소 일본인임을 느끼곤 했다. 일본인 에이전트를 채용했으니 /OPTION/에이전시를 할 때 거래하지 못했던 토항 에이전시와 거래할 수 있지 않을까 기대가 되었다. 하지만 아쉽게도 거래는 이뤄지지 않았다.

북오션에서 출간한《만화로 배우는 주식 투자의 심리학》은 1권도 안 남기고 초판을 다 팔았는데 HSB에이전시에서 계약한 책이었다. HSB는 한성북의 약자이다. 한성출판기획에 기반한 에이전시라는 의미였다. 일본어권 하나에만 집중하니 운영에는 그리 어려움이 없었다. /OPTION/에이전시를 할 때와 같이 JFC나 사카이와는 순조롭게 거래가 진행되었다. 그리고 일본에 소개장을 보낼 때 M이 일본인이라 그런지 판권이나 오퍼 진행도 마치 경력자처럼 익숙하게 했다.

《만화로 배우는 주식 투자의 심리학》
(아오키 토시오 원작 / 아소 하지메 작화 / 김태희 역, 북오션, 2013년)

マンガ　投資の心理學

青木俊郎·麻生はじめ

MANGA TOUSHI SHINRIGAKU
Copyright ©2009 by Toshio Aoki & Hajime Aso All rights reserved.
Original Japanese edition published by Pan Rolling,Inc.
Through HSB AGENCY, Seoul
Korean translation rights ©2010 BOOK OCEAN

이 책의 한국어판 저작권은 HSB 에이전시를 통해 저작권자와 독점 계약을 맺은 북오션에 있습니다.
저작권법에 의해 국내에서 보호를 받는 저작물이므로 무단 전재와 복제를 금합니다.

《만화로 배우는 주식 투자의 심리학》 한국어판 판권면

사실 M은 그때 신입이었다. 일본인이다 보니 비자 연장으로 3개월마다 일본에 체류해야 했는데 돌아올 때마다 출장비 명목으로 신간 도서를 사 오게 했다. 신간이 나오면 기존 에이전시는 판권조회만 했지 정작 일본에서 샘플 북을 받는 데는 시간이 걸렸다. 그런 점에서 우리 에이전시가 신간 소식을 좀 더 신속 정확하게 올릴 수 있었다. 차츰 계약도 성사되었다. 국내 기획과 편집뿐만 아니라 일본어권 에이전시에 번역도 가능하니 다른 출판사들이 꽤 신기해했다.

1년쯤 지나니 다른 언어권으로 확장해야 할지, 일본어

권을 계속 유지해야 할지 고민이 되었다. 하지만 에이전트 직원 1명의 월급을 겨우 줄 수 있을 만큼의 수익을 내는 데다 담당자의 열의도 차츰 떨어지고 있어 1년 6개월을 더 지속하다 에이전시 문을 닫았다. 두 번의 에이전시 도전은 멈췄지만 후회는 없었다. 에이전시에 가서 외서를 대여해 오다, 번역자들에게 남는 사무실을 내주고 계약 진행을 못 하는 외서 정보를 제공했다. 그리고 에이전시를 직접 운영해서 영어·일어·불어·독일어·중국어권 등 7명의 직원을 둔 에이전시를 해봤으니 여한도 후회도 없었다.

6.
현금 1억으로 건물을 사다

그 무렵 어머니가 골다공증에 걸리셨다. 그래서 일요일에 일하는 것을 멈추고 어머니의 건강을 위해 등산을 하기로 했다. 일요일마다 여섯 살, 다섯 살인 두 딸과 아내, 그리고 어머니와 함께 북한산에 올랐다. 벌써 두 딸이 스물여섯, 스물다섯 살이 되었다. 세월이 유수라더니 지나고 보니 모두 추억이 되었다. 산에 갈 때 오이와 컵라면, 김밥을 사가지고 갔다. 북한산 족두리봉 정상에서 먹는 컵라면과 김밥은 별미였다. 문득 족두리 바위에서 내려다본 서울 풍경을 보며 저 많은 아파트와 건물 중 내 집과 건물은 없다는 사실이 서글펐다. 그때부터 집과 건물에 적극적으로 관심을 가지게 되었다.

지금 살고 있는 아파트에 청약 당첨이 된 것은 2004년이었다. 신문에 난 당첨자 명단에 내 이름이 있는 게 신기했다. 그리고 건물을 사기로 결심했다.

그렇다고 내가 건물주가 될 거라고는 생각하지 못했다. 단지 매월 나가는 월세가 아까워 작은 단독주택이라도 있으면 정착할 수 있지 않을까 싶은 생각이 들었다. 그래서 우선 매월 500만 원씩 1년 적금을 부었다. 1년 뒤 적금을 타니 6,000만 원이 되었고 가지고 있는 현금을 합치니 1억이 되었다. 그 돈으로 조그만 단독주택을 알아보러 다녔다. 나 대신 어머니와 아내가 상수동, 광흥창역, 연남동, 성산동, 망원동, 서교동 등 주로 마포구 지역을 돌았다. 내가 처음 입사한 출판사가 있던 곳이 연남동이었고, 4년 동안 일하던 곳이 동교동이다 보니 자연히 마포구가 편했다. 마포구는 공항이나 일산 쪽으로 가는 교통이 편리했다. 그리고 인쇄소와 제본소가 주로 일산에 몰려있는 것도 나중에 알게 되었다. 건물을 사기 위해 3개월 정도

헤매고 다녔다.

보유 금액이 1억이라고 하니 코웃음 치는 부동산이 태반이었다. 현금 1억 원으로 건물을 산다는 게 좀 허황되기도 했다. 그러다 어느 부동산 사장이 단독주택보다는 전세를 끼고 있는 근린상가나 다세대 주택 등을 알아보라고 조언해 주었다. 요즘에 유행하는 갭투자였는데 광흥창역 근처에 있는 곳과 현재 서교동, 합정동 먹자골목의 빌딩 세 곳을 추천해 주었다. 광흥창역 근처 건물은 골목 입구가 좁아서 외진 느낌이었다. 그래서 합정 먹자골목의 빌딩을 계약하려고 했더니 이미 계약이 됐다고 했다. 서교동은 김대중 대통령의 장남 김홍일 저택이 있던 고급 주택가라 조용했고, 치안도 잘되어 있었다. 19년이 지난 지금은 고급 주택들을 허물고 그 자리에 상가 건물이 들어섰는데, 건물 시세가 많이 올랐다.

부동산 사장의 말처럼 현재 북오션 건물은 당시에 지하만 보증금 500만 원에 월세 50만 원이었다. 나머지 층은 다 전세였고 은행에 저당 잡힌 빚이 6,500만 원 있다고 했다. 내 돈은 많이 필요 없었다. 합정 먹자골목이 생각났다. 이미 다른 사람과 계약된 건물이었으나 위약금을 2배 내고라도 내가 사겠다고 적극적으로 달려들었다. 부동산 사장님이 당황하더니 위약금 1,000만 원을 입금하면 계약할 수 있다고 했다.

부동산에 함께 간 어머니와 합정에 돈을 찾으러 갔다. 하루에 500만 원 이상 인출이 되지 않아 국민은행과 제일은행에서 각각 500만 원씩 인출해서 계약했다. 나머지 잔금은 두 달 뒤에 치르기로 했다. 계약서를 쓰고 집에 온 그날 밤, 지금도 기억이 선명한데 웃음이 나고 기분이 정말 좋았다. 얼마 전에 아파트 청약에 당첨되었는데 이제 건물도 계약했다. 아파트와 건물이 한꺼번에 생긴 것이었다. 계약한 순간은 몹시 기뻤지만, 돈을 마련하느라 2004년은 정말 힘들게 보낸 해였다. 그런데 코미디 같은 일이 벌어졌다. 건물 잔금을 치르려고 보니 1억이 모자라는 거였다. 포병장교 출신이어서 숫자에 강하다고 생각했는데, 1억을 놓치다니 어이가 없었다. 그 당시 1억 원은 큰돈이었다. 아무리 생각해도 구할 방도가 없었다. 그때 어머니 소유의 강남 도곡렉슬 재건축이 진행되어 이것으로 대출도 가능했는데, 완공이 안 되면 대출이 안 되는 줄 알고 알아보지도 않았다. 건물 위약금으로 1,000만 원을 냈는데, 그 돈을 날리고 건물주의 꿈이 사라지나 싶어 우울하고 답답했다.

그렇게 전전긍긍하고 있던 차에 철원에 사는 아내의 이모부가 연락해 1억을 빌려준다고 했다. 물론 공짜는 아니고 50만 원 대출이자를 내는 조건이었다. 그런데 나에게 왜 1억을 빌려주었을까? 아내의 이모부는 친형에게도 천만 원을 안 빌려주는 구두쇠라고 들었다. 지금은 이모의 딸과 아들이 다 장성해서 결혼했지만 당시에는 다 초등학생이었다. 철원에 있는 아내의 이모와 이모부는 정육점을 했는데 아이들이 어릴 때 방학마다 서울에 있는 장인, 장모님께 보냈고 장인, 장모님은 이를 귀찮게 여기지 않고 아이들의 학원 뒷수발을 해주었다. 그 아이들이 자라 아들은 서울대에서 박사 학위를 받아 LG 연구원이 되었고, 딸은 서울대 사대를 나와 지금은 기업은행에 근무하고 있다.

어쨌든 그때 1억을 급히 빌려서 잔금을 치렀으니 북오션빌딩은 이제 온전히 내 건물이 되었다. 불과 1년 전에 가졌던 건물주가 되고자 한 무모한 생각이 내 인생의 많은 것을 바꾸어 놓았다. 월세를 안 내고, 지하이지만 50만 원씩 월세를 받는다는 건 심적으로 안정감을 주었다. 그리고 거래처와 저자들에게도 규모 있는 출판사로 신뢰감을 갖게 했다. 이사를 더 이상 안 가도 되고, 월세를 마련하기 위해 애쓰지 않아도 되니 마음이 너무 편했다. 이제야 비로소 출판 일에 더욱 몰입할 수 있을 것 같았다.

사무실 최적의 입지 조건

창작시대사에서 1년 8개월을 재직하다 이직하고, 그 후에 창업한 곳이 청구동이었다. 청구동은 약수동 옆이었고 1999년에 지하철이 개통되었는데 그때 생긴 역이 청구역이었다. 청구동은 삼김(三金)이라 불리던 김종필이 살았던 곳이 아닌가.

청구동에서 1년 넘게 지내다 창작시대사 사장님의 제안으로 이사 온 곳이 동교동 사무실이었다. 그런데 동교동 사무실 옆 건물에는 김대중 전 대통령이 퇴임해서 거주하고 있었다. 실제 경호실에 근무하던 김준기라는 군대 동기가 우리 사무실에 들러 차를 마시고 간 적이 있다.

보안과 치안을 강화해 매번 의경들이 경호를 서니 잡범들이 없었다. 그야말로 철통 경계였다. 덕분에 동교동에서 지낸 4년간 치안을 걱정해 본 적은 없다.

서교동 최규하 가옥/ 등록문화재 제413호

2004년 10월 동교동에서 서교동 사무실로 이사를 왔다. 평생 남의집살이를 안 해도 좋을 사옥을 매입한 것이다. 망원역에서 걸어서 오는 길 중간에 김대중 전 대통령 장남인 김홍일 씨 양옥이 있었다. 전직 대통령 아들이라 경호는 없었지만, 커다란 양옥집이 인상적이었다. 동교동에는 김대중 전 대통령이, 서교동에는 그 아들 김홍일 씨가 살고 있었다. 서교동 주민센터 맞은편에는 최규하 대통령 집이 있었고, 지금은 서울시 문화재로 지정되었다.

김대중 전 대통령은 고문 후유증으로 다리가 불편해 지팡이를 잡고 걸어야 했다. 장남인 김홍일 씨 역시 고문 후유증으로 목 디스크에 파킨슨병까지 얻어 고생한 것으로 안다. 정치적 탄압으로 몸이 만신창이가 된다면 평범한 집안의 아들로 태어나는 게 더 행복하지 않을까. 김홍일 씨 부음(2019년 4월 20일)은 신문 기사로 접했는데, 그 후 2년이 지나 그가 살던 양옥집이 팔렸는지 집을 다 허물고 봄이 되니 공사를 시작했다. 부지가 굉장히 넓었는데, 왠지 쓸쓸하고 애잔한 느낌이 들었다.

출판계에 입문한 1996년부터 지금까지 대통령이나 대통령급의 인사가 거주하는 동네에 살아왔다. 의도한 것은 아니었지만, 그 덕에 치안 걱정 없이 출판사를 운영할 수 있었다. 우연한 일이지만 그래도 그들의 정치적 기운이 있어 그동안 우리 출판사가 망하지 않고 건재한 것이라면 지나친 해석일까?

3장

북오션 출판사 창립

북오션은 '책의 바다'라는 뜻으로 다양한 책을 출간하겠다는 포부와 블루오션처럼 참신한 기획으로 독자들을 만나겠다는 출사표였다.

1.
건물을 직접 리모델링하다

건물 계약은 했고 이사를 가야 된다고 건물주에게 알렸는데 계약 기간이 남아 있어서 새로운 세입자가 올 동안 사무실을 써야 했다. 시간이 갈수록 이사 간다는 사실에 설레서 하루하루 즐겁게 업무를 해 나갔다. 그때 사무실에는 책이 엄청 많았다. 출판사에 보내는 국내 기획 정보서에 신간란을 만들어서 홍보해 주었다. 여산통신을 통해 출판사에서 보내준 신간과 출판사 미팅 때 받은 책들이 내 자리 주변에 높이 쌓여 있었다. 그 당시 사무실에 왔던 사람들은 산처럼 쌓인 책들이 인상적이었다고 말했다. 사무실에 집기와 책들이 꽉 차 있으니 사무실을 보러 왔던 사람들도 그냥 갔다. 내가 봐도 비좁은 느낌이었다. 그때 서교동 건물에서 누수가 되기도 하고 불이 안 들어온다는 등 자꾸 세입자들의 민원이 들어와서 9월에 4년간의 동교동 생활을 마감하고 사무실을 서교동으로 이전했다. 막상 동교동 사무실도 짐을 다 빼고 나니 널찍하고 깔끔했다. 서교동으로 이사온 지 두 달 안에 동교동 사무실에도 새로운 세입자가 들어왔다. 나는 1층과 4층을 쓰기로 하고 기존 주택 형태를 사무실로 리모델링했다. 그런데 호사다마라고 리모델링을 처남에게 맡겨 진행했는데 사기를 당했다. 반쯤 인테리어를 진행하다 도망간 것이었다. 중간까지는 했으니 사기는 아니었다. 그래서 미완공에 대한 민사소송을 진행했다. 결국 승소했으나 돈을 받는 데는 한계가 있었다. 공사업체가 없으니 어떻게 할까 고민하다 내가 직접 인테리어를 해보기로 했다.

을지로에 가서 마음에 드는 조명을 사 왔고, 변기도 사무실 근처에서 시공했다. 그리고 목수들을 섭외해서 1층과 4층 마무리 공사를 진행했고, 타일업자를 섭외해서 화장실과 주방 타일을 붙이고 화장실 공사를 마무리했다.

마지막으로 전기업체를 불러와 전기공사를 했다. 그리고 도배와 장판 작업으로 공사를 마무리했다. 건물을 사고 인테리어 사기를 당했지만 건물주로서의 책임과 열정으로 인테리어를 해 나갔다. 주위에서 인테리어 공사로 시끄럽다고 민원을 넣어 구청 직원과 경찰이 찾아오기도 했다. 한 달 정도 인테리어를 해보니 생각보다 어렵지 않았다. 건물을 직접 지을 수도 있을 것 같은 기분이었다.

공사가 마무리되어 전기공사 사장과 저녁에 술 한잔하며 그간의 노고를 위로했다.

그때의 경험은 2021년에 건물 리모델링을 다시 할 때 도움이 되었다. 세상에 공짜는 없는 것 같다. 당시에는 인테리어 업자가 도망가서 물질적 손해와 정신적 고통을 겪었으나 직접 인테리어를 해본 경험이 귀중한 자산이 되었기 때문이다. 그때 거래처에서 보내온 축하 화환이 너무 많아 1층이 비좁을 정도였다. 근린상가였던 건물 1층과 4층을 직접 비용과 노력을 투자해 인테리어를 한 결과가 만족스러웠다. 4층은 17년이 지나 리모델링할 때도 크게

손댈 부분이 없었으니 그때 얼마나 꼼꼼히 인테리어를 했는지 알 수 있었다.

2004년 10월 7일 출장뷔페를 불렀고 돼지머리 앞에 시루떡을 놓고 고사도 지냈다. 미신이겠지만 입구에 실을 단 북어를 매달아 잡귀를 내쫓았다.

(주)한성출판기획 사옥 외관

2.
P&P디자인 회사를 창업하다

동교동에서 시작한 편집대행사를 확장하여 디자인 회사를 창업했다. 우선 편집디자인이 걸음마 단계이니 좀 더 경험 많은 디자이너 1명을 충원했다. 그리고 디자인과 교정 교열을 할 수 있는 편집자를 확충해서 편집디자인 회사 'P&P디자인'으로 출발했다. 편집 대행도 시행착오의 연속이었다. 표지 시안을 몇 개씩 보내도 자꾸 퇴짜를 맞아 시간에 쫓기기 시작했고, 교정 교열도 오자가 자꾸 나와 출판사에서 클레임을 걸었다. P&P디자인도 실수를 통해 성장해 갔다. 그래도 몇만 개의 글자 중 오탈자 몇 개로 수준을 논하는 것에는 억울한 면이 있었다.

몇 년 뒤 모 신문사 출판부에서 금요일 오후 5시 30분에 편집을 의뢰하고는 월요일 오후까지 해달라고 했다. 그래서 나는 퇴근 시간을 앞두고 이런 맥락 없는 일은 못 하겠다고 한바탕하고 거래를 끊었다. 최근 드라마 〈대행사〉에서 금요일 퇴근 때 거래처에서 업무 의뢰하는 장면이 나오는데, 그때도 그랬다. 하지만 지금도 후회 없는 결정이었다고 생각한다.

국내 기획과 표지, 본문 편집에 교정 교열까지가 편집 대행의 업무였다. 소규모 출판사에서 검판을 부탁해 인쇄감리를 보면서 출판 제작에 대해 조금씩 눈을 뜨게 되었다. 기획에서 검판까지 거의 OEM 시스템이라 할 만큼 출판의 전 과정을 다루게 되었다. 편집한 책만 해도 몇백 권이 되었다. 한때는 직원이 편집디자이너 9명, 기획팀, 교정 교열팀까지 합해서 19명이었던 적도 있다. 나는 주로 출판사 영업을 위해 뛰어다녔고, 다양한 업무를 맡다 보니 간혹 편집 사고가 발생했지만, 그만큼 경험도 쌓여 갔다.

《에덴 프로젝트》
(제임스 홀리스 저 / 김은선 역,
리더스하이, 2006)

편집 대행을 3년쯤 했을 때 출판계에 종사하는 친한 친구와 함께 〈리더스하이〉라는 출판사를 같이했다. 취미로 마라톤을 했던 친구가 마라톤을 달릴 때 고통의 극점을 지나면 오히려 엔도르핀이 나와 쾌락이 느껴지는 지점이 있는데, 이를 '러너스 하이'라고 했다. 이와 유사하게 독서의 기쁨을 의미하는 것으로 〈리더스하이〉라고 출판사 이름을 지었다. 친구가 제작비를 대고 내가 기획과 편집을 맡아 몇 개월의 준비 끝에 2006년 9월 번역서 《에덴 프로젝트》를 출간했다. 그 후 2008년까지 12권의 책을 출간했으나 출판사 수익이 거의 없어 친구와의 동업은 끝나고 말았다.

3.
북오션 출판사를 창업하다

2007년 12월에 북오션이라는 이름으로 출판사 등록을 했다. 기획사 업무에 지쳐 있던 터라 출판사로 방향 전환을 해보고자 했다. 2008년 3월에 북오션 출판사로 첫 책 《2030 실전 재테크》가 출간되었다. 북오션은 책의 바다라는 뜻으로 다양한 책을 출간하겠다는 포부와 블루오션처럼 참신한 기획으로 독자들을 만나겠다는 의미가 담겨 있다.

《2030 실전 재테크》
(이승호, 북오션, 2008)

하지만 당분간 기획사와 함께 출판사를 운영한다는 소문이 나지 않도록 했다. 좋은 기획은 내가 출판하고, 차등 기획을 거래처 출판사들이 사가는 미묘한 신뢰의 문제가 있었다. 파란북에서 자비 출판을 했던 경험을 바탕으로 이제는 진짜 출판사를 해보고 싶었다. 북오션 출판사에는 아직 영업 담당자가 없어 북센에 일원화 공급 계약을 했다. 그리고 평소 알고 지내던 출판사의 영업부장에게 매달 영업비를 주고 소매점 거래처 수금을 부탁했다.

그렇게 6개월쯤 해보니 영업 알바로는 한계가 있었다. 1년도 안 되어 30대 후반의 영업부장을 뽑았다. 그래서 북센에 묶여 있던 일원화 공급 계약을 해지하고 대형서점, 도매상, 서울 경기 지역서점, 지방 도매상과 직거래를 했다. 그 당시 지역서점의 공급률이 60~70%인데 서점별로 달랐고 한 번 시작한 거래 공급률은 바뀌지 않았다. 출판사 경력이 짧고 실제 영업부에서 근무한 적이 없던 나로서는 공급률 차이의 의미를 알지 못했다. 서점의 영업 방식도 출판사 영업자의 경력과 영업 노하우에 의존했는데 10% 차이 나는 공급률로 10년 이상 거래한다면 그 누적 금액이 상당하지 않을까? 그렇게 거래를 재정비하며 새롭게 출발했다.

《버락 오바마, 불가능을 가능으로 바꾼 1%의 용기와 희망》
(이채윤 글 / 이정헌 그림, 스코프, 2012)

마침 그때 미국 대통령으로 버락 오바마가 당선되었다. 그래서 낸 책이《버락 오바마, 불가능을 가능으로 바꾼 1%의 용기와 희망》이었는데 아동물로는 처음 낸 책이었다.

순발력으로 만든 최초의 어린이 책

버락 오바마 당선 후 2주 만에 책이 출간되었다. 기획사를 했던 노하우가 발휘된 책이었다. 원고의 절반이 넘어오자 본문 시안을 잡고 교정 교열을 했다. 절반은 만들어 놓고 표지도 준비해 놓았다. 마지막 원고 도착 후 이틀 만에 제작에 들어갔는데, 책 나오는 데 10일이 걸렸다. 이

《노무현, 바보 대통령의 삶과 꿈》
(이채윤 글, 스코프, 2012)

런 기동력 있는 진행 방식은 얼마 전 메시 책 개정판을 만드는 작업에도 이어졌다. 그리고 다행히 책은 생각보다 많이 팔렸다. 어린이 책은 일러스트가 필수였는데 일러스트를 원고도 없이 기획 아이템으로 미리 발주하는 순발력을 발휘했다. 첫 책의 순조로운 출발은 어린이 책을 지속적으로 내게 하는 원동력이 되었다. 어린이 출판사 브랜드도 스코프라고 별도로 냈다. 텔레스코프(telescope)가 망원경이라는 데서 착안했다. 어린이들에게 책이라는 망원경으로 세상을 보고 성장하라는 의미였다. 얼마 뒤 노무현 대통령의 비극적인 죽음의 소식을 듣고 같은 작가에게 어린이 책 원고로 노무현 일대기를 의뢰해 《노무현, 바보 대통령의 삶과 꿈》을 출간했다. 이 책 역시 시기를 타서 잘 나갔다. 그래서 한 발 더 나아가 어린이를 위한 위인 시리즈를 기획해 보자는 생각이 들었다.

어린이를 위한 위인 시리즈 기획

어린이를 위한 위인전에는 세종대왕, 강감찬, 장영실, 마리 퀴리, 링컨, 나폴레옹 등 대개 너무 오래된 역사 속 인물들이 등장했다. 좀 더 가까운 시기에 살았던 인물의 일대기를 담은 새로운 위인 시리즈를 기획해 보고자 했다. 그래서 나온 책들이 《법정스님의 아름다운 무소유》, 《박찬호의 끝나지 않은 도전》, 《외규장각 의궤의 귀환 문화 영웅 박병선》, 《책벌레 소년 안철수, 세상의 리더가 되다》, 《스티브 잡스가 살아서 자동차를 만들었다면》, 《록펠러, 나눔을 실천한 최고의 부자》, 《박태환, 0.01초에 승부를 거는 희망의 마린보이》, 《메시, 축구 역사를 다시 쓰는 작은 거인》, 《강영우, 세상을 밝힌 한국 최초 맹인 박사》, 《최경주, 그린 위의 챔피언이 된 완도 섬 소년》, 《이승엽, 꿈을 향해 홈런을 날리다》였다. 내가 스포츠를 좋아하다 보니 스포츠 스타의 책이 많아 서점 MD에게 스포츠 전문 출판사냐는 우스갯소리도 들었다.

위인 시리즈는 계속 이어져 2019년에는 《닐 암스트롱, 인류 최초로 달에 착륙한 우주비행사》, 2021년에는

스코프 〈누구누구 시리즈〉

다르게 생각하라, 스티브 잡스처럼
스티브 잡스가 살아서 자동차를 만들었다면
21세기 IT에디슨 스티브 잡스
사후 최초 어린이 전기물

책벌레소년 안철수, 세상의 리더가 되다
개정판

박영석, 세계의 지붕이 된 산사나이

버락 오바마, 불가능을 가능으로 바꾼 1%의 용기와 희망
전면 개정판

최경주, 그린 위의 챔피언이 된 완도 섬 소년

강영우, 세상을 밝힌 한국 최초 맹인 박사

록펠러, 나눔을 실천한 최고의 부자

박태환, 0.01초에 승부를 거는 희망의 마린보이

이승엽, 기록의 사나이 한국 야구의 전설이 되다

외규장각 의궤의 귀환
문화영웅 박병선

박찬호의 노력, 끈기, 전설이 된 야구 이야기
KOREA 61

법정스님의 무소유 이야기
"법정스님, 열반 10주기"

닐 암스트롱, 인류 최초로 달에 착륙한 우주비행사
인류가 달에 간 50주년의 해!
그가 내디딘 작은 발자국은 인류를 위한 거대한 발자국이었다

이태석, 낮은 곳에서 진정으로 나눔을 실천하다

마더 테레사, 가난한 사람들의 어머니
하느님의 작은 몽당연필
마더 테레사 수녀 탄생 111주년 기념

메시, 마지막 월드컵에서 라스트 댄스를 완성하다
2022 FIFA '올해의 선수상' 수상

《마더 테레사, 가난한 사람들의 어머니》, 2022년에는《메시, 마지막 월드컵에서 라스트 댄스를 완성하다》를 출간했다. 2023년에도 김수환 추기경 책 출간을 준비하고 있어 스코프에서 시작된 〈누구누구 시리즈〉는 앞으로도 계속될 것이다. 한 사람의 생은 그 누군가에게 삶의 이정표가 될 것이다. 아름다운 삶의 발자취는 맑은 향기가 되어 후손에게도 퍼지는 것이다.

기존에 있던 2번째 영업부장이 3개월 근무하고 그만뒀다. 후임자로 들어온 영업부장은 2010년 4월에 입사해서 지금까지 13년째 근무하고 있다. 영업부장이 입사한 해가 2010년 남아공 월드컵이 열린 해였다.

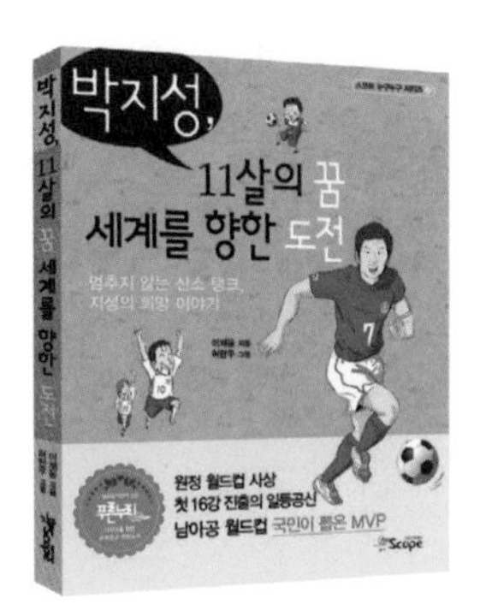

《박지성, 11살의 꿈 세계를 향한 도전》
(이채윤 글/ 허한우 그림, 스코프, 2010)

그때 낸 책이《박지성, 11살의 꿈 세계를 향한 도전》이었는데 월드컵 특수에 맞춘 책으로 아동물 분야 1위를 달성하는 기염을 토하기도 했다. 아동물에서 조금씩 출판의 희망이 보이고 있었다. 영업부장도 들어오고 출판사의 꼴이 잡혀가자 기획사와 출판사를 병행한다는 게 마음의 갈등을 불러왔다. 출판사를 한다고 말할 수도 없고, 다른 출판사에 기획서를 제공하는 현실이 불편해졌다. 그래도 출판사와 기획사를 병행할 수밖에 없었다. 그 와중에 내가 출판사를 한다는 소식이 모락모락 퍼져나가고 있었다. 번역, 디자인, 국내 기획의 업무를 10년 넘게 하다 보니 이를 다 포기하고 출판사로 업종을 변경하기에는 10명이 넘는 직원이 부담이었다. 그리고 과연 출판사로 성공할 수 있을까? 고민하는 시간이 4~5년간 계속되었다.

4.
기획사를 접고 출판에 올인하다

2013년 5월쯤 한 신생 출판사에서 편집 의뢰를 받았는데 한국사 책 편집디자인 의뢰였다. 교정 교열부터 본문 디자인, 표지 디자인을 의뢰받았다. 매달 20권 이상 편집하는 게 일상이니 평상시처럼 편집을 시작했다. 그런데 2주가 지나 그 출판사 사장이 찾아와 난리를 쳤다. 책이 1, 2권으로 나왔는데 1권 표지에 오타가 났다고 했다. 나는 우선 사과부터 했다. 다행히 표지이니 표지와 본문 일부를 재인쇄해 다시 제본해 주겠다고 수습책을 말했다. 그러나 출판 경력이 없는 그 대표는 어떻게 표지에 오타를 낼 수 있느냐며 길길이 뛰었다. 사람이 하는 일이다 보니 실수가 생기기 마련이다. 하지만 이를 책임지고 수습하겠다는 말에도 아랑곳없이 성질을 부리는 그 대표가 너무 무례했다. 15년째 기획사를 해왔고 일하는 직원이 10명이 넘는데 편집대행사라는 이유만으로 이런 취급을 당하는 게 서글프기도 했다. 여러 권의 책을 편집하다 보니 세세한 부분을 더 잘 살피지 못해 실수가 있었다고 거듭 사과한 뒤에야 겨우 일을 수습할 수 있었다. 하지만 그 일은 내게 큰 상흔을 남겼고, 기획사를 계속할 것인지를 고민하게 만들었다. 창업한 지도 15년이고 출판기획사를 하면서 외서 번역, 번역 에이전시, 국내 기획, 본문과 표지 디자인, 교정 교열 심지어 출판사의 요청으로 인쇄소 감리까지 했다. 종종 출판사들이 미팅하면서 왜 출판을 직접 안 하느냐고 진지하게 물어온 게 한두 번이 아니었다. 1인 출판사 입장에서 한성출판기획은 OEM 방식의 완성형 기획사였다. 타 출판사에 제공한 기획과 편집 대행으로 어느덧 천 권이 넘는 책이 출간되었다. 출판을 정식으로 해볼까 하는 생각과 막상 시작했는데 출판사가 망하면 그 다음에는 무엇을 해야 하나 하는 두려움 사이에서 갈등

했다. 15년간 기획사를 해왔음에도 사업 초창기에 가졌던 두려움이 되살아났다. 설령 출판사가 망해도 죽기야 하겠는가. 내가 만들고 싶은 책에 대한 열망과 3년간 북오션과 스코프로 책을 낸 경험을 믿기로 했다. 결국 기획사를 접고 출판사를 직접 하기로 결정했다.

출판에 매진하다

기획사를 접은 후 더 이상 외주 의뢰는 받지 않았다. 좀 아까운 편집이라도 꾹 참고 거절했다. 그리고 진행되어 온 국내 기획과 편집 대행 건, 북오션 신간 출간으로 인위적인 직원 감축은 없었다. 그때부터 출판에 매진했다. 이때가 2013년 5월이었다. 기획사를 운영할 때는 책이 나오거나 신규 거래 때마다 저녁에 출판사 대표와 술을 마시거나 저자들과 빈번한 술자리를 가졌다. 기획사를 접으면서 제일 먼저 저녁 술자리를 줄이고 책을 만드는 데 몰두했다. 그리고 그 생활 패턴은 지금까지 10년째 이어져 오고 있다. 출판사 대표들은 가급적 안 만났다. 굳이 만

나서 업계의 동향을 파악하기보다는 책 만드는 게 더 낫다는 생각이 들었다.

그때부터 저녁 술자리는 낮술로 바뀌었다. 낮술의 매력은 밤에 비해 술자리가 짧고 많이 안 마실 수 있다는 것이다. 그리고 다음 날 업무에 지장이 없고 2시간 안에 끝낼 수 있어 좋았다. 그리고 좀 취했다 싶으면 사우나에 가서 땀을 빼고 다시 사무실로 와서 일했다. 기획사를 할 때는 출판사 담당자들만 만났는데 이제는 책 출간 후 저자들과 축하의 술자리를 나누고 있다.

출판사가 자리를 잡자 소매서점 영업을 강화하기 위해 영업부 차장을 영입했다. 2년간 전국을 다 뒤져 서울의 100평 이상, 지방 70평 이상의 서점들을 신규 영업했다. 지금이야 베스트셀러가 아니면 서점 매출을 폭발적으로 늘릴 수 없다는 걸 알지만 그때는 서점에 신간이 깔리면 수금도 늘지 않겠느냐는 생각이었다. 하지만 오히려 거래처의 확대로 더 많은 신간을 찍게 되었다. 책이 안 나가면 초판 제작비를 더 많이 써야 되고 반품이 많아지니 재고 부담도 늘었다. 그래서 거래처를 2개로 이원화했다. 초판을 적게 찍어 배포하고 다 팔리면 빠르게 재쇄를 찍어 다시 2차 거래처에 신간을 보내는 방식이었다. 거래처 분류는 수금액을 기준으로 했다. 거래처를 확장하고 관리하는 데는 어느 정도 성과와 한계가 동시에 있었다.

그때는 일산에 있는 신영북스에 창고 대행을 맡겼다. 분기별로 편집부 남자 직원과 영업부와 함께 재고를 정리했다. 몇 개의 팔레트에 쌓인 반품을 정리하며 서점이나 도매상에서 인증하는 도장을 찍은 것과 안 찍은 것을 분류해서 창고에 입고했다. 반품된 책들 중 파손품을 종종 발견하기도 했다. 창고 대행사들은 60평짜리 창고 몇 동을 출판사별로 임대해 주고 책의 보관료와 주문 책 포장으로 돈을 청구했다.

하지만 책의 종수가 늘다 보니 보관되는 재고량이 야금야금 늘었다. 매일 나가고 들어오는 책이야 뭐라 할 수 없지만 단지 창고에 보관만 하는 비용도 만만치 않았다. 신간이 늘고 반품도 늘자 6개월에 한 번씩 재고를 몇천 부씩 파지업체에 폐기하고 파지값으로 십몇만 원을 받았다. 서점에서 반품한 책을 재단할 때는 재단비를 내야 했다. 비용을 아끼려고 창고대행업체에 가서 직접 반품 해체 작업을 하기도 했다.

겨울에는 춥고 여름에는 더운 마당에서 지게차로 옮겨진 반품을 작업하는 것도 힘들었다. 그런데 도서별로 분류해 놓은 후 제자리에 책을 입고시켜 주는 비용이 따로 청구되었다. 남아서 분류작업을 더 하고 싶어도 창고대행업체 직원들이 퇴근해 버리면 일을 더 할 수 없었다. 배송비, 보관비, 반품 해체 후 입고비, 재단비 등 소소하게 청구되는 비용이 꽤 많았다. 아마도 파지된 책으로 다시 책을 만들었다면 몇천만 원의 매출을 올렸을 것이다. 파지값을 받은 날은 좀 일찍 퇴근해 대학교재 출판사를 운영하는 친구들과 소주잔을 기울이며 불안한 출판의 미래에 관한 이야기를 나누었다. 기획사를 오래 했지만, 잘 팔리는 책이 뭔지 몰라 답답하고 암담했다. 애초에 기획사와 출판사 운영은 달랐던 것일까? 기획사를 하면서 경험하지 못했던 출판사 홍보와 마케팅 분야는 여전히 풀리지 않는 숙제였고, 매출도 제자리걸음이었다. 하지만 다행히 신간

중 세종도서 교양부문으로 선정된 책이 종종 있어 재고 부담을 덜어주었다.

나의 필명 '채빈' 이야기

나는 1980년대 중반에 대학을 다녔다. 대문호와 작가들은 호가 있었고, 필명을 가진 작가들도 더러 있었다. 그때 나는 《병신과 머저리》에서 보여준 이청준 작가의 소설 세계에 푹 빠져 그와 같이 지식인을 주인공으로 한 소설을 쓰고 싶었다. 그래서 지은 필명이 채빈이었다. '푸르게 영원히 빛나라'는 의미였다. 하지만 군 복무와 결혼, 기획사 운영 등으로 생활에 치이면서 작가에 대한 꿈도 자연스럽게 잊혔다. 그러다 북오션 출판사를 창업하고 책을 출판하게 되면서 직접 글을 쓰고 싶다는 생각이 들었다.

2022년 카타르 월드컵에서 아르헨티나를 우승으로 이끈 메시 열풍이 사라지기 전에 2012년 북오션 아동물 브랜드 스코프에서 펴낸 책 《메시, 축구 역사를 새로 쓰는

《메시, 축구 역사를 새로 쓰는 작은 거인》의 초판(좌)과 개정판(우) 표지

작은 거인》의 개정판을 내기로 했다. 이때 개정판에 추가 수록할 내용을 내가 직접 작성해 채빈과 황연희 공저로 개정판《메시, 마지막 월드컵에서 라스트 댄스를 완성하다》를 출간했다. 그 후 메시가 2022 FIFA 올해의 선수상에 선정되었다는 기사가 나왔다. 그래서 책에 스티커를 제작해서 붙였는데, 다행히 책이 나가 금방 재쇄를 찍었다.

채빈이라는 필명으로 처음 출간한 책은《이태석, 낮은 곳에서 진정으로 나눔을 실천하다》(2013)였다. 스코프 〈누구누구 시리즈〉 18권으로 가장 가난한 나라 수단에서 나눔과 사랑으로 세상을 따뜻하게 만들었던 이태석 신부

'채빈'이라는 필명으로 집필한 책들

이야기를 담은 책이다. KBS 다큐멘터리를 감명 깊게 보고 난 후 자료를 찾아 읽었고, 아이들에게 널리 알리고자 어린이 책으로는 처음 출간했다. 재쇄와 개정을 거듭하며 꾸준히 팔리고 있다.

《할머니가 엄마 아빠에게 들려주었던 전래동화》(2019)도 채빈이라는 필명으로 출간되었다. 전래동화는 권선징악을 주제로 한 오래된 이야기라는 편견을 깨려고 지금

아이들에게 들려주어도 정서가 통하는 이야기로 선별했고, 본문에 들어갈 삽화를 발주했다. 그리고 아이들에게 친근함을 주기 위해 제목을 '할머니가 엄마 아빠에게 들려주었던 전래동화'로 하였다. 퇴근 후 한 달 정도 사무실에 남아 전래동화를 만들었다. 그 때문인지 아직까지 절판되지 않고 꾸준히 주문이 들어오고 있다.

필사는 스트레스받는 일상을 잠시 잊게 하는 치유 효과가 있다. 그 때문인지 2015~2017년까지 필사 열풍이 지속되었다. 그래서 사계절에 어울리는 명언들을 모은 필사집《명언필사》(2017)를 냈다. 지금도 이 책은 쿠팡에서 가장 주문이 많은 책이다.

《명언필사》의 호응을 얻어《영어 명언 필사》(2021)를 출간했다. 이번에는 탄생석으로 명언들을 배치했는데, 책 판매량은《명언필사》보다 저조했지만, 인세가 없으니 손해는 아니었다. 이후로 출간된《명시 따라 쓰기》(2022)는 꾸준히 사랑받고 있다.

어머니가 살아계실 적 부산 감천 마을을 다녀온 경험

'채빈'이라는 필명으로 엮은 책들

을 계기로 《부산 감천마을 컬러링북》(2017)을 기획했고, 본문에 들어가는 짧은 텍스트를 내가 직접 썼다. 일러스트는 내가 여행 때 찍은 사진을 주며 그리게 했다. 일러스트 담당자는 홍대 판화과를 나왔는데 섬세한 일러스트여서 그런지 꽤 많은 재쇄를 찍고 지금도 꾸준히 주문이 오고 있다.

후속작으로 《오즈의 마법사 컬러링북》(2021)을 기획하고 본문에 동화를 해석한 글도 직접 써서 출간했다. 하지만 컬러링북 열풍이 지나서인지, 컬러링북 콘셉트가 독자 취향에 맞지 않아서인지 반응은 신통치 않았다.

2021년에는 채빈 엮음으로《한국인이 가장 사랑하는 명시 100선》리프레시판을 출간하고, 2022년에는《한국인이 가장 사랑하는 애송시 100선》을 출간했다. 그전에 펴낸《한국인이 가장 사랑하는 사랑시 100선》(신달자, 2014),《러시아 명시 100선》(최선 편역, 2013),《장석주 시인의 마음을 흔드는 세계 명시 100선》(장석주, 2017) 시리즈가 지금까지 꾸준히 독자들의 사랑을 받는 스터디셀러로 자리매김했기 때문이다.

우리가 학교에서 교과서로 배우는 시는 시험 때문에 지루하고 낯설게 느껴진다. 하지만 정지용의 〈향수〉를 가수 이동원이 〈향수〉라는 노래로 불러 공전의 히트를 기록했고, 김소월의 시 〈진달래꽃〉은 가수 마야가 〈진달래꽃〉이라는 대중적인 노래로 불러 대중에게 더 많이 알려졌다. 이처럼 시는 눈으로 보고 읽는 게 아니라 노래처럼 애송해야 시의 정감을 더 깊이 느낄 수 있는 게 아닌가 싶었다. 그래서 나는 유리왕의 〈황조가〉와 황진이의 〈단심가〉, 박목월의 〈목마와 숙녀〉 등을 명시이자 애송시로 책에 수록하였다.

채빈은 북오션 출판사의 긴급 소방수와 같은 역할의 저자일지도 모른다. 출판기획사를 하면서 배운 트렌디한 감각으로 원고 계약부터 책 출판에 이르기까지 약 한 달 정도 걸린 적이 있다. 앞으로도 트렌디한 기획이 있으면 그게 시집이든, 아동물이든, 자기계발서든 채빈이라는 필명으로 계속 원고를 집필하고 출간할 생각이다. 아직 한 번도 못 받은 인세를 언젠가 출판 사정이 나아지면 지급 받는 날이 오기를 바란다.

김진혁 작가와의 인연

그동안 개정판을 포함해서 책을 600종 가까이 출간해 왔다. 기획사를 운영하던 시절 노병윤 저자와 인연을 맺었듯이 북오션 출판사를 운영하면서 김진혁 작가와 깊은 인연을 맺었다. 김진혁 작가의 책 《골프 시크릿》은 2008년

《골프 시크릿》
(김진혁, 북오션, 2008)

9월 5일에 출간되었다. 저자는 금융권에 종사했던 금융맨이었는데 그때는 골프회사의 CEO로 재직 중이었다. 저자가 보낸 원고를 읽어보니 골프의 마인드를 다룬 내용이었다. 연습장에 오는 수많은 사람들을 만나고 초보자에게 레슨도 하면서 경험한 골프와 인생에 관한 이야기를 책에 담았다. 골프 18홀을 종종 인생에 비유하곤 한다. 골프를 칠 때도 다양한 상황을 맞닥뜨리고 대처해 나가듯이 인생의 고비마다 자기 개성과 의지에 따라 헤쳐 나가기 때문이다. 신사의 스포츠라 불리는 골프는 라운딩 중에도 상대방을 배려하는 매너를 신경 써야 한다. 확 트인 자연 공간에서 대화를 나누며 골프를 치다 보면 상대방의 인간성을 더 잘 알게 되고, 친밀해지기도 한다.

2008년이면 북오션이 이제 막 출판사로서 걸음마를 뗄 시기였다. 김진혁 작가와의 인연은 계속 이어져 2012년

《성화와 함께 읽는 365일 성경》
(왕희정, 김진혁 공저, 북오션, 2016)

《돈 되는 진짜 공부》
(김진혁, 북오션, 2021)

에 《열정을 깨우는 마법의 편지(공저)》와 《죽기 전에 크리스천이 꼭 해야 할 66가지》를 출간했다. 내가 그때 교회 집사이기도 해서 기독교 신자를 위한 입문서를 출간했다. 그리고 김진혁 작가의 사돈인 왕희정 교수와 공저자로 《성화와 함께 읽는 365일 성경》을 출간했다. 2021년에는 작가가 유튜브 채널 〈쏠쏠TV〉에 출연해서 강의한 내용을 모아 《돈 되는 진짜 공부》를 출간했다. 김진혁 작가는 열정적인 준비와 정성으로 성실한 유튜버가 되었다.

2021년 5월, 한창 북오션 사옥 리모델링 공사를 하고 있었는데 어느 날 김진혁 작가에게 전화가 왔다. 회사 앞에 와 있다고 해서 물류창고에서 일하다 부랴부랴 서교동 공사 현장으로 갔다. 회사 근처 카페에 갔더니 보기에도 너무 화사한 양란을 손수 들고 계셨다. 아직 리모델링이 끝나기 전인데 미리 축하해 주고 싶어서 왔다고 했다. 가

유튜브 〈쓸쓸TV〉의 '김진혁의 쓸쓸하게 재미있는 돈 이야기'

슴이 뭉클했다. 나는 일곱 살에 아버지를 일찍 여의고 부성애를 모르고 자랐다. 이런 작가의 배려와 정성에서 문득 부성애를 느꼈다. 2023년에도 김진혁 작가의 에세이 출간을 준비하고 있다. 이처럼 15년간 인연을 이어 온다는 것은 쉽지 않은 일이다. 작년에도 말복 때 보양식을 사드렸는데, 분기별로 함께 식사하며 출판 이야기도 나누고 손자, 손녀를 위한 책과 신간을 선물해 드리고 있다. 앞으로 더욱 건강하시기를 바란다.

《장하준이 말하지 않은 23가지》와 김정호 박사와의 인연

장하준 교수의 《장하준의 경제학 레시피》가 최근 출간되어 독자에게 많은 사랑을 받고 있다. 파워라이터인 장하준의 시작은 2010년 11월에 발간한 《그들이 말하지 않는 23가지》라는 책이었다. 자유시장 체제의 자본주의를 비판한 책이었는데 단박에 베스트셀러가 되었다. 이후 2011년 9월에 북오션에서 《장하준이 말하지 않은

《장하준이 말하지 않은 23가지》 초판(좌)과 개정판(우) 표지

23가지》라는 책을 출간했다. 제목에서 알 수 있듯 경제학 교수인 송원근 박사가 장하준의 전작을 조목조목 반박한 책이다.

이 책을 기획하게 된 것은 《한국경제신문》에서 장하준의 주장을 반박하는 논조의 기사를 읽게 되었고, 중도 좌파인 내 정치적 관점에서 장하준의 논리를 비판하는 책을 내는 것이 의미 있다고 생각했기 때문이었다. 나는 기사에 나온 송원근 박사에게 연락해 당일 바로 찾아가 미팅을 진행했다. 그가 말하기를, 본래 한국경제연구원 논문으로 발표한 내용인데 《한국경제신문》에 기사가 난 것이라고 했다. 나는 그 논문의 내용을 좀 쉽게 풀어서 책으로 내자고 송원근 박사를 설득해 계약에 성공했고, 몇 개월 뒤 책 《장하준이 말하지 않은 23가지》(송원근, 강성원 공저, 2011)를 출간하였다.

책 판매는 순조로웠고, 《주간조선》에 〈장하준은 틀렸다 여전히 시장이 정부보다 효율적이다〉라는 송원근 박사의 인터뷰 기사도 실렸다. 전경련이 주관하는 제23회 시장경제대상 출판부문 우수작으로도 선정되어 서울 웨스틴

제23회, 제27회 시장경제대상 출판부문 우수상 상패

조선호텔에서 개최되는 시상식에 참석했다. 당시 전경련 회장인 허창수 GS그룹 회장에게 상패를 받고 악수도 했다. 대기업 총수를 가까이 본 것이 처음이라 긴장되었다.

전경련 시상식이 끝나고 며칠 뒤에 송원근 박사를 만났다. 그때 소개받은 사람이 김정호 박사님이다. 재미있는 인연은 당시에는 몰랐지만 제23회 시장경제대상 시상식에 김정호 박사님과 내가 같이 단상에 서 있었다는 것이다. 김정호 박사님은 자유기업원 원장을 역임하고, 모교인 연세대에서 강의도 하고 계셨는데, 인품이 좋으셨다. 그때의 인연으로 박사님이 집필한 책이 대한민국의 100년 경제 역사를 모은 《대한민국 기업의 탄생》이다. 이 책도 제27회 시장경제대상 출판부문 우수작

《대한민국 기업의 탄생》
(김정호, 북오션, 2016)

으로 선정되었다. 벌써 두 번째다. 전경련 자체 출판사에 대상을 주었으니 김정호 박사님 책이 진짜 대상이라고 여겨졌다.

그 후 박근혜 대통령이 탄핵당하고 문재인 정권이 들어서면서 전경련은 해체 요구에 직면하는 어려움을 겪기도 했다. 하지만 다행히 지금도 전경련은 건재하다. 송원근 저자와는 그 뒤 종종 식사도 하고 연락도 계속하고 있다. 전경련의 위상이 다시 예전처럼 올라가면 시장경제대상 시상식을 재개할 수 있을까? 세 번째 도전이니 이번에는 출판부문 대상을 받고 싶다.

김정호 박사님과도 정기적으로 만나 식사도 하며 관계를 유지해 오고 있다. 김정호 박사님은 몇 년 전부터 유튜브에서 경제 선생으로 이름을 날리고 계신다. 현재는 구독자가 12만 명이 넘은 유튜버다. 연세가 있으신데도 유튜브 촬영부터 편집까지 혼자 하고 계신다. 정말 본받고 싶은 대단한 열정이다.

북오션과의 인연도 계속 이어오고 있다. 2021년 1월에 한 번도 겪어 보지 못한 코로나가 만든 세계 경제 질서

《코로나 디바이드》
(김정호, 북오션, 2021)

《킹달러의 미래》
(김정호, 북오션, 2023)

를 분석한《코로나 디바이드》를 출간했다. 코로나로 더욱 갈등이 심한 미국과 중국의 대립에 우리는 어떤 선택을 해야 할지 질문을 던지고 있다. 그리고 2023년 4월 미친 듯이 폭등한 달러의 강세와 이 달러가 미치는 세계 경제의 움직임을 분석한《킹달러의 미래》를 출간했다. 2022년 말 삼계탕을 먹으면서 대화 중에 나온 기획이 올해 책으로 나온 것이다.

뭐든 시작하면 포기하지 않고 오래 하는 내 성격처럼 한 번 인연을 맺은 사람들도 오래 만나는 편이다. 출판사 직원들도 기본 5년 이상 근무하고 있다. 영업이사가 13년, 디자인 실장은 18년째 나와 함께 손발을 맞추고 있다. 영업자와 디자이너는 3년 이상 근무하기 어렵고 이직이 많은 출판 동네에서 특이하다는 말을 듣곤 한다.

매일 저녁 반신욕을 하고, 모래주머니를 발목에 차고 생활한 지도 5년이 넘었다. 뭐든 꾸준하게 하는 내 삶의 태도가 사람과의 관계뿐만 아니라 책 만드는 일을 지속할 수 있게 하는 바탕일지도 모른다.

첫 물류창고 매입

2015년 5월 일산 성석동에 있는 출판 물류창고를 구입했다. 서교동 출판사 사옥과 구매 동기는 같았다. 월세가 무서워 건물을 구매했듯 장기적인 측면에서 책 재고 관리를 위해 물류창고가 필요했다. 물론 직접 물류창고를 갖고 있으면 관리하기 번거롭다고 주위에서 말리는 사람들도 많았지만 구매 쪽으로 밀어붙였다. 창고 실평수는 171평이었으나 60평 한 동이었다. 마침 아난티 골프클럽

일산에 매입한 첫 물류창고

회원권이 만기되었다. 회원권 반환에 소극적인 골프장 측과 실랑이를 벌여 온전히 환불받았다. 나머지 자금은 은행에서 대출을 받았다. 막상 계약을 하고 보니 괜한 일을 벌였나 싶은 두려움이 잠깐 들었다.

창고를 계약하기 전에 파주 금촌지역부터 일산 덕이동 등으로 물류창고를 보러 다녔었다. 그러다 우연히 지인에게 성석동 일대에 창고가 많다는 얘기를 들었다. 막상 가보니 논과 밭뿐인지라 너무 시골 같다는 느낌이 들었지만, 부동산에서 보여준 4개의 창고 중 지금의 창고가 가장 마음에 들어서 바로 계약했다. 다른 부동산 사무실도 있었는데, 그 부동산과 인연이 있었는지 훗날 제2창고도 그 부동산에서 중개했다.

창고 옆에 주말농장을 할 만한 텃밭도 있어 마음을 넉넉하게 해주었다. 봄이 오면 대파, 상추, 고추, 치커리를 심었다. 고구마, 감자, 토마토, 방울토마토도 심어 친한 친구들과 가족 그리고 직원들에게 나누어 주었다. 살아생전 어머니가 좋아하셔서 주말에 종종 같이 풀도 뽑고 채소도

창고 옆 텃밭에 심은 상추와 각종 채소들

뽑아 와서 먹기도 했다. 물만 주고 키운 100% 유기농 채소라 지인들에게 인기가 높았다.

출판사 운영의 어려움

창고가 있는 출판사로 새롭게 시작한다고 생각하니 설렜다. 당장 다음 달부터 배본비만 나가고 창고 보관료 등 물류비가 절감되니 큰 도움이 되었다.

기쁨도 잠시 창고를 처음 가져보니 예전에 몰랐던 사실을 알게 되었다. 반품을 해체하면 명세서가 나왔는데 명세서를 입력하고 도장이 찍힌 반품 도서를 재단기로 재단한 후 입고시켜야 했다. 영업부 직원이 2명이었는데 창고 관리 경험이 없어서인지 반품을 쌓아놓고 명세서를 입력하지 않은 채 다른 상자에 모아 두었다. 창고 정리와 함께 뭔가 근본적인 대책이 필요했다.

창고를 산 지 몇 개월이 지난 후 17년을 근무한 직원 H가 본인이 직접 출판사를 경영해 보겠다고 퇴사했다. H가 17년간 근무하며 저자를 100% 관리하고 도서 제작 업무를 진행해 왔기에 난감했다. 다소 혼선이 있었지만 반등의 기회라 생각했다. 그래서 내가 직접 저자 관리를 하기로 했다. 거의 10년 만에 처음 해보는 일이었다.

기획사를 하다 혹시 망하면 택시 운전사나 보험 설계사가 되려고 한 적이 있었다. 서울 시내 구석구석 두더지처럼 헤집으며 걸어 다녀서 샛길을 잘 알았기 때문이다. 그때의 현장 영업의 감각이 되살아났다. 다시 뛰니 저자 이탈이 거의 없었고, 어느덧 내가 기획, 저자 미팅, 계약까지 도맡아서 하고 있었다. 지난주에도 《동남아시아 귀신도감(가제)》 저자와 계약 관련 미팅을 했는데 저자가 나의 열정에 감탄했다고 했다. 처음 기획사를 시작할 때는 거래처 과장부터 나보다 나이가 많아 나이 들어 보이려고 양복을 입고 다녔다. 하지만 이제는 만나는 저자들이 거의 다 나보다 어렸다. 군대에서 힘들다는 교육장교를 할 때도 흰머리가 나지 않았는데, 이제는 조금씩 흰머리가 났다.

2015년 겨울 영업부 차장이 과일 장사를 한다고 퇴사했고, 그 뒤에 들어온 영업부 직원도 한 달을 못 버티고 그만두었다.

송인서적 부도로 얻은 교훈

2016년 4월부터 내가 영업부 일을 맡기로 했다. 필드 영업을 하지 않고 창고 정리부터 주문 포장, 신간 포장, 재고 정리, 반품 해체, 재단, 입고, 반품명세서 입력 등의 업무를 직접 했다. 그 당시 반품이 창고 가운데 통로를 꽉 채우고 반품 거래 명세서가 큰 상자에 가득 차 있었다. 그래서 한 달 동안 주말마다 창고에 가서 반품을 해체한 후 재단하고 입고시켰다. 반품명세서를 입력하면서 신간이 출고된 뒤 반품 비율과 지역 거래처 서점 이름도 훤히 알게 되었다. 한 달 정도 지나니 밀린 반품도 거의 정리가 되었다. 반품은 거의 매일 왔다. 3주차쯤 지방 도매상에서 7~10박스 반품이 오는 것을 제외하고는 반품을 매일 정리해서 이월하지 않았다.

2018년 1월 2일 송인서적이 부도를 맞았다. 우리도 몇백만 원의 부도를 맞았다. 만기일에 받은 어음을 제작처에 돌려서 내가 고스란히 물어줘야 했다. 중소서점이 부도를 맞아 본 적은 있지만 도매상이 부도를 맞은 것은 처음이었다. 부도어음을 다 갚는 데 거의 6개월이 걸렸다. 송인서적과 일원화 거래를 유지해 온 몇몇 1인 출판사가 부도를 맞았다고 들었다.

어음을 받고 도매상에 책을 보내기 위해 초판을 더 많이 찍는 관행을 조금씩 바꿔야겠다고 생각했다. 교보문고가 파격적으로 도서 공급률을 70%로 하고 어음을 없애는 등 거래방식을 개선했음에도 수도권 도매상이나 지방 도매상들은 어음 지급방식을 유지하고 있었다. 심지어 자가 어음이나 문방구 어음을 지금도 발행하고 있는 곳이 있다. 인터파크가 인수한 〈인터파크송인서적〉마저 부도를 맞아 또다시 여러 출판사들이 피해를 입었다. 다행히 송인서적 부도 사태를 반면교사로 삼고 〈인터파크송인서적〉과 거래하지 않아 우리 출판사에는 피해가 없었다. 우리 출판사는 신간이 나올 경우 북센에 데이터에 필요한 5권만 보내고, 현금으로 결제하고 있다. 국내 최대 도매상인 웅진그룹 자회사 북센은 2020년에 사모펀드에 팔렸다.

북센과 거래방식을 바꾼 것은 북센마저 언제 부도를 맞을지 모른다는 불안감에서였다. 어음으로 거래하는 결제방식은 마치 폭탄 돌리기 같았다. 북센에 할인율을 낮추고 500부도 보낼 수 있다. 하지만 그렇게 하면 몇 개월 뒤에 반품으로 되돌아왔다. 책이 팔린 만큼 현금으로 받기로 했다. 그러려면 매주 책을 낼 수 있는 시스템과 자금력, 그리고 잘 팔리는 책이 있다는 전제가 있어야 했다. 매월 마지막 주에 영업이사가 지방 출장을 가면 내가 혼자 주문을 처리한다. 창고에서 업무를 처리한 지도 벌써 9년째다. 이제는 웬만한 영업자보다 창고업무에 익숙해졌다. 그간 영업부 차장을 충원하지 않은 대신 그 인건비는 고스란히 책을 만드는 데 투입되었다.

창고를 산 지 다시 9년째가 되니 책이 가득 찼다. 공간이 비좁아지니 내부에 책이 넘쳐났고 2층이 붕괴될까 걱정이 되었다.

두 번째 물류창고 구매

제1창고에서 30미터 정도 떨어진 곳에 다른 창고가 있었다. 거기도 아동물 출판사 물류창고였다. 어느 날 옆

집 아주머니가 그 창고가 비어 있는 것 같다고 귀띔해 주었다. 자세히 살펴보니 창고 문이 잠겨 있었다. 그래서 제1창고를 매매했던 부동산 사장에게 문의해 거래 가격을 알아보았다. 매입가에서 이사비로 천만 원을 깎아달라고 했더니 창고 주인이 거절했다. 나도 인연이 아닌가 보다 싶어 포기하고 다른 창고를 보러 다녔다. 한 달쯤 있다가 부동산에서 천만 원을 깎은 금액으로 계약하자고 연락해 왔다. 창고 대금은 제1, 제2 창고와 내 신용으로 감정

제2창고 매매 계약 당시 창고 내부

평가해서 대출을 받았다. 창고를 위탁해서 내는 창고비보다 은행 이자가 더 낮았다. 2021년 5월 20일 잔금을 치르고 한 달간 공사해서 제2창고가 완성되었다.

내부 페인트 공사를 먼저 하고, 랙 설치 작업을 진행했다. 창고 주위에는 담을 쌓아 콘크리트 작업을 했다. 영업이사의 출판계 지인들을 불러 3주에 걸쳐 제1창고에 있던 책을 제2창고로 이전했다. 제1창고를 산 지 7년 만이었다. 제1창고를 담보로 두 곳의 물류창고를 가진 것은 의미심장한 일이었다. 책 순환에 도움이 되었고, 무모한 제작을 막아주는 효과도 있었다. 창고 옆 콘크리트를 걷어내고 흙을 깔아 텃밭을 만들었다. 남들은 흙바닥을 콘크리트로 만드는 데 나는 반대였다. 이곳에 감자나 고구마를 심고, 옥수수와 파도 심었다. 옥수수를 수확해서 쪄먹기는 난생처음이었다.

제2창고 외부 공사, 텃밭 만들기

제2창고로 옮긴 책들

5.
캐릭터 사업하는 동기와의 만남

2017년 봄에 친한 동기한테서 군대 동기 모임이 있다고 연락이 왔다. 1992년에 임관하고 각자 임지로 부임해서 헤어질 때는 20대 중반이었는데 25년이 지나서 만난다니 반가웠다. 경북 영천에 있는 육군3사관학교에서 5개월간 같이 교육받은 동기들이라 그런지 애틋함이 있었다. 소위로 임관하고 헤어져 병과별 교육을 받은 동기들과는 조금 달랐다. 연락이 닿은 5~7명의 동기들이 다들 오너여서 각자 사업장을 방문해서 사무실 구경도 하고 근처 맛집에서 식사하며 살아온 이야기를 듣는 모임이었다.

모임은 1년을 못 가고 시들해졌는데 그중 두 명 하고

는 지금까지 만나고 있고 연말에는 송년회 모임도 갖는다. 두 명의 동기 중 이강섭은 회원권 판매사업을 하고 있었는데, 마침 홀인원 보험 만기 된 돈이 있어 한화 콘도 법인회원권을 구매했다. 회원권을 사서 친한 출판계 친구 네 명이 부부 동반으로 강원도 속초 한화 콘도로 여행을 갔는데, 그가 과일 바구니와 와인을 보내 내 체면을 세워주었다. 그 뒤 법인 회원권은 저자와 지인들을 만날 때마다 요긴하게 사용했다. 곧 회원권 만기라 반납해야 하는데 정말 시간이 빨리 가는 것 같다.

또 한 명의 동기가 이제희인데, 나와 함께 다양한 업무를 진행했다. 그는 본래 캐릭터 상품을 디자인하고 제작해서 일반 회사와 연예인 매니지먼트사에 납품하고 있었다. 그래서 초반에는 그와 공동제작으로 연예인 책을 내려고 강남에 있는 매니지먼트사를 찾아다녔다. 태진아와 같은 연예인뿐만 아니라 장근석, 김혜수 등의 연예인 매니저와 직접 미팅하기도 했다. 이외에도 관악산에 사는 기인 같은 시인, 마술사, 물리학과 교수, 유학원을 운영하는 친구 등도 만나봤으나 안타깝게도 일정이나 출간 시기가 맞지 않아 에세이 출간으로 이어지지는 않았다.

군대 동기와 공동기획한 책 제작

어느 날 이제희가 독도에서만 자생하는 식물을 책으로 내보자고 제안했다. 그의 대학 선배 중에 영남대학교 생물학과 교수가 있어 책 출간 제안을 하기 위해 직접 찾아갔다. 영남대에 도착해 교수를 만나 표본실에 가보니 독도에 가서 직접 채취해 말린 야생화들이 있었다. 그 교수와 바로 출간 계약을 진행했고, 몇 개월 뒤에 책 《독도를 지키는 우리 야생화》가 출간되었다. 이 책은 초판에 그쳤지만 처음으로 세종교양도서 학술부문에 선정되기도 했다. 학술도서도 내는 출판사의 길을 열었다. 동기인 이제희와

《독도를 지키는 우리 야생화》
(박선주, 정연옥 공저, 깊은나무, 2017)

공동기획한 첫 성과물이었다.

그 후 이제희가 매일 그날의 소역사를 일러스트로 그리는 인스타 친구를 소개해서 《일러스트로 읽는 365일 오늘의 역사》를 출간하게 되었다. 저자는 《조선일보》 미

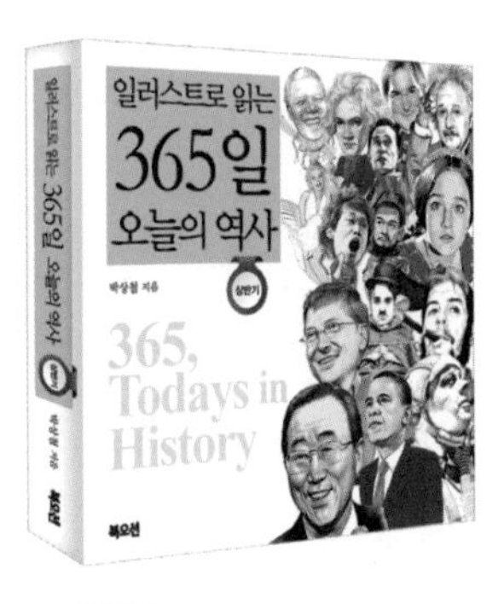

《일러스트로 읽는 365일 오늘의 역사》의 3가지 버전

술부에서 오래 일한 경력자였는데, 세밀한 그림체와 압축미에 끌렸다. 가령 1월 2일은 〈반기문 사무총장 유엔 첫 출근〉으로 일러스트와 그날의 짧은 역사를 설명해 주는 구성이었다.

그러나 출간 후 기대와는 달리 판매가 저조했다. 그래서 상, 하 낱권을 한 권으로 새로 찍어《지적인 하루를 위한 5분 역사》로 출간하였고, 편집형태를 바꿔 스프링책으로《365 역사 달력 HISTORY CALENDAR》도 출간했다. 같은 원고를 3가지 방식으로 출간해 본 것은 처음이었다.

출간 예정인 동화책《책 먹는 고양이》가 있다. 김영사에서 나온《책 먹는 여우》라는 책에 이끌려 기획했고, 유명한 노경실 작가를 섭외해서 원고를 계약했다.

캐릭터 사업을 시작하다

이제희가 캐릭터 상품을 납품하는 사업을 했었기에 제희와 같이 캐릭터 사업을 해보기로 했다. 몇 개월 정도 캐

〈책먹는 고양이〉 캐릭터 상품

릭터 아이템 회의를 거쳐 캐릭터를 개발했는데, 그래서 나온 것이 〈책먹는 고양이〉였다. 바로 디자인 작업을 진행하고 시안을 결정했다. 캐릭터 제작은 제희의 거래처에서 하기로 했다. 캐릭터를 전시할 철제 거치대도 제작 의뢰했다. 〈책먹는 고양이〉라는 브랜드 상표등록 출원신청도 했고, 몇 개월 뒤에 승인이 났다. 〈책먹는 고양이〉의 캐릭터 상품 목록은 책갈피, 동전 지갑, 거울, 카드 지갑 등 9종으로 서점 카운터 옆에 두고 판매하면 좋을 것 같았다. 서점 측에도 사전에 진열대 설치 여부를 물으니 대형서점을 제외하고는 설치해 준다고 했다. 대부분 캐릭터 상품이 귀엽다는 반응이었다.

그리고 다음 해 이제희와 일본에서 열리는 캐릭터 박람회에 참가했다. 그때가 거의 구십몇 회였으니 일본의 저력이 느껴질 만큼 신선한 경험이었다. 도쿄국제도서전이 열리던 전시장에서 캐릭터 박람회와 문구 박람회가 같이 열렸다. 일본이 작고 앙증맞은 캐릭터를 개발한 지 거의 100년이 되었다니 대단하다는 생각이 들었다. 우리가 일본 애니메이션이나 동화로 만났던 캐릭터들이 다 그곳에 있었다. 심지어 계란과 청개구리를 활용해 캐릭터를 개발하는 능력에 놀라움을 금할 수 없었다. 몇 년이 지나 일본 교토를 간 적이 있었는데 과자나 토속 상품을 포장하는 솜씨에 매우 놀랐다. 캐릭터 개발에 진심이고 뭐든 눈에 넣어도 아까울 만큼 포장하는 자세가 캐릭터 개발의 원동력이라는 생각이 들었다. 하루에 2만 보 이상 걸으며 돌아보았던 캐릭터 박람회는 도서전 박람회보다 볼 게 많고 신기했다. 전시회장 부스에서 중간중간 사은품을 받아 시간 가는 줄도 몰랐다. 그때 넣어둔 명함에 적힌 주소로 지금도 매년 초대장이 온다. 초대장을 보며 그때를 반추해 보곤 한다.

수익성 낮은 캐릭터 사업의 한계

일본 캐릭터 박람회에도 참가할 만큼 〈책먹는 고양이〉 캐릭터 개발과 투자에 열의가 있었다. 뭐든 새로운 업무를 시작한다는 것 자체가 설레는 일이었다. 드디어 캐릭터 상품이 출시되어 서점으로 보냈다. 서점에서 카운터에 전시된 사진을 보내왔고, 판매 수요가 있어 재주문이 오기 시작했다. 하지만 초반 제작된 상품들이 소진되고 추가 제작에 들어가자 잠재된 문제가 수면 위로 올라왔다. 그것은 바로 수익 마진의 문제였는데, 자체 개발한 고양이 캐릭터가 사람들에게 알려진 게 아니라서 가격이 낮았던 것이다. 카드 케이스, 동전 지갑, 거울, 책갈피 등의 가격이 2,500~3,500원 사이였다. 이보다 비싸면 다이소에서 파는 상품과 가격 경쟁력이 없었다. 그리고 내가 캐릭터 상품을 직접 제작하는 게 아니라 외주로 제작하다 보니 1개 캐릭터 상품의 마진이 300~500원이었다. 제작비는 현금으로 몇 백씩 투자되는데 수익 마진이 생각보다 적었다. 북오션이 캐릭터 사업도 한다는 건 출판사 홍보 수단은 될지언정 수익성은 거의 없었다. 차라리 책을 몇 권 더 파는 게 수익성 면에서 더 나았다. 캐릭터 사업을 지속하고자 애면글면하다 결국 2년 만에 접기로 했다. 남은 캐릭터 상품들은 도서 이벤트 때 구매 사은품으로 활용했다. 사업 투자 비용을 까먹기는 했지만, 출판사를 운영하는 데 큰 무리는 없었다. 그때는 젊어서 겁이 없었고, 뭐든 시도하면 다 될 것 같았다. 지금도 물류창고에 쌓인 캐릭터 상품을 볼 때면 그때의 기억이 떠오르지만, 값진 경험이었다고 생각한다. 경험만큼 큰 자산은 없으니까. 그래서인지 지금도 후회나 아쉬움은 없다.

4장

어머니는 내 인생의 교과서였다

어쩌면 내 인생은 51세까지 어머니가 곁에 계시던 삶과 어머니가 돌아가신 이후의 삶으로 나뉘는 것 같다.
어머니의 존재는 평생 내 인생을 밝혀주는 환한 등불이었다.

1.
어머니라는 큰 별이 지다

2017년 9월 22일 어머니가 돌아가셨다. 자식이라면 누구나 어머니에 대한 사랑과 애틋함을 느낄 것이다. 천사들이 지상의 아이들을 돌볼 시간이 부족해 어머니를 보냈다고 하지 않나. 내가 일곱 살 때 아버지가 돌아가셨는데, 그때 어머니 나이가 스물여덟 살이었다. 일찍 남편을 보냈으니 초년고생이 말로 표현 못 할 만큼 심하셨다. 나는 어머니와 나이 차이가 스물하나여서 더 가까웠고, 어머니에게서 인생의 많은 것을 배웠다. 어머니는 64세에 폐암 판정을 받으시고 8년을 투병하시다 72세를 일기로 소천하셨다. 돌아가시기 전날까지도 나와 저녁을 함께 드셨던 어머니. 2016년 장모님이 돌아가신 충격에서도 벗어나지 못했는데, 연이은 불행에 정신이 나갈 지경이었다.

일곱 살 때 어머니와 이태원 단칸방에 살았는데 어느 날 어머니가 목욕탕에 가셨다. 그때 어린 나이에도 어머니가 오시면 배가 고플까 봐 곤로에 밥을 했다. 그런데 어머니가 와서 보니 냄비가 다 탔다. 내가 쌀만 넣고 물을 넣는 걸 몰랐던 것이다. 어머니가 혼낸 기억은 없는 것 같다.

아버지가 돌아가셨던 그날 밤 12시에 어머니는 내게 목사님을 모셔 오라고 하셨다. 당시 이태원은 개발되기 전이라 사방이 배추밭이었다. 그날 밤길의 전신주는 검은 나무처럼 보였고, 10월이라 제법 쌀쌀한 날씨였다. 일곱 살 꼬마가 밤 12시에 산길을 걸어 목사님을 모셔 왔던 길. 지금도 그 길이 생생히 떠오른다. 이때의 기억은 대학에 입학해서 처음 쓴 단편소설 〈밤길〉에 녹아 있다. 이를 본 전공 교수님이 최루가스 그만 마시고 소설을 본격적으로 써보라고 격려해 주셨다. 그 교수님은 지금도 찾아뵙고 있다. 정년 퇴임하신 교수님이 그림 한 점을 선물로 주셨는데, 그 그림은 지금도 출판사 사무실에 잘 걸려 있다.

아버지가 돌아가신 후 나와 남동생은 전북 김제의 외할머니 댁에서 4년을 보냈다. 부모 말 안 듣고 서울로 가서 살다 손자들만 보낸 딸이 뭐가 예쁘겠는가? 어머니 대신 할머니와 삼촌, 이모들과 생활하는 것은 어린 나이에도 서럽고 힘든 일이었다. 일곱 살이면 어머니의 손길이 가장 필요한 나이다. 어머니는 추석과 설 명절을 포함해서 1년에 3~4번 할머니 집에 오셨다. 어머니가 오시면 어린 마음에도 그렇게 좋았다. 그래서 몇 개월간 쌓인 이야기 보따리를 풀어 놓기에 바빴다.

다음 날이 운동회였지만 어머니는 서울로 가셔야 해서 올 수 없었다. 그래도 나를 보고 가시겠다고 기다리다 버스 정류장으로 가셨는데, 조금 늦게 집에 도착한 나는 버스 정류장으로 달려가 버스를 타고 막 떠나려는 어머니의 모습을 보고 손을 흔들었다. 버스가 출발하자 울면서 버스를 따라갔던 기억이 아직도 생생하다. 살아생전 그날 얘기를 해드리면 어머니도 어제 일처럼 또렷이 기억난다고 하셨다. 그런데 그리운 어머니는 7년째 내 곁에 안 계신다. 전화를 드리면 항상 '우리 아들!' 하고 반갑게 받아주시던 어머니. 그런 어머니는 내가 만든 책을 갖다 드리면 빠짐없이 읽으셨던 우리 출판사 최초의 독자이자, 책이 많이 팔리기를 기도하신 분이었다.

아이들이 5~6세 때 대관령 목장에 간 적이 있다. 양들에게 먹이를 주는 체험도 하고, 즐거운 시간을 보냈다. 그런데 그때가 겨울이어서 길에 눈이 많이 쌓였다. 내가 눈길 운전에 익숙하지 않아서 운전하기를 좀 주저했다. 아이들과 아내는 빨리 안 가냐고 신나서 떠드는데, 어머니만 내게 내키지 않으면 가지 말자고 하셨다. 누구보다 자식의 마음을 먼저 헤아리셨던 어머니의 마음. 군복무 41개월을 제외하고 어머니와 함께한 세월이 참 길다. 어쩌면 내 인생은 51세까지 어머니가 곁에 계시던 삶과 어머니가 돌아가신 이후의 삶으로 나뉘는 것 같다. 핸드폰을 분실하고 TV가 고장 나도, 건물을 리모델링할 때 인테리어 사기를 당했어도 어느 정도 시간이 지나면 문제가 해결되었고, 제자리로 돌아왔다. 하지만 어머니는 먼 길을 떠나셔서 이제 영영 돌아오시지 못한다.

어머니가 돌아가신 후 명절 때가 제일 힘들었다. 어머니가 장사를 하셔서 명절 때마다 내가 전을 부쳤다. 중학생 때부터였으니 40년을 꼬박 동태전과 꼬치전, 호박전, 오징어전을 부쳐온 것이다. 어머니가 알려준 오징어전은 사람들이 잘 모르는데, 오징어를 물에 불린 후 껍질을 벗기고 계란을 입혀 부쳐내면 쫄깃한 식감이 일품이었다. 만두를 빚을 때면 바로 쪄서 주시던 기억이 떠오른다.

어머니가 돌아가신 후 명절 때면 어머니 생각이 더욱 나서 가족과 외국 여행을 갔다. 처음 간 곳이 일본 오키나와였다. 그때가 설 명절이었는데 외국에 나가 있으니 낯설고 이상한 느낌이었다. 다음 해에는 포르투갈과 스페인으로 9박 10일 여행을 떠났다. 매일 호텔이 바뀌어 힘들었지만 두 딸에게는 성장의 자양분이 되었다. 그때의 경험으로 큰딸이 독일로 1년간 교환학생을 다녀오기도 했다. 코로나 팬데믹 직전에는 베트남 다낭 여행을 다녀왔다. 예약 취소가 되지 않아 마지못해 갔던 것인데, 코로나

여파로 사람들이 예약 취소를 많이 해서 여행 인원도 적었고, 여행 옵션을 모두 이용할 수 있어 좋았다. 어머니가 살아 계셨다면 장남인 내가 어머니를 두고 해외 여행을 갈 수 없었을 텐데……. 아니, 진작 함께 해외 여행을 갈 걸 그랬다는 회한이 든다.

2020년 말 방송사 연기대상 시상식을 보는데 배우 나문희 씨가 수상소감을 말하며 어머니께 고마운 마음을 전했다. 나문희 씨가 80세를 넘겼으니 어머니의 나이는 100세를 넘었음을 짐작해 볼 수 있었다. 어머니가 그토록 오래 살아계시다니 부러운 마음이 들었다. 나는 일곱 살에 아버지를 여의었고, 어머니가 돌아가신 지도 6년이 지났다. 주변 사람이나 친구들을 보면 양친이 살아계시거나 적어도 한 분은 살아계신다. 왜 나만 이렇게 빨리 고아가 된 것일까? 다른 것은 모두 노력해서 이룰 수 있었으나 부모님의 부재는 그 무엇으로도 채워지지 않았다. 어머니에 대한 그리움과 슬픔을 견디기 어려울 때면 이런 내 운명이 원망스럽기도 했다.

언젠가 TV 프로에서 70세가 넘은 가수 송대관 씨가 30년 전 돌아가신 어머니 산소에 가서 펑펑 우는 장면을 본 일이 있었다. 어머니에 대한 그리움과 슬픔은 시간이 지난다고 해서 옅어지거나 사라지는 것이 아니다. 우리는 살아생전에 부모님께 잘해드리라는 말을 숱하게 들으면서도 막상 부모님이 살아계실 때는 그 의미를 알지 못하고, 돌아가신 뒤에야 피눈물을 흘리게 된다. 나 역시 갑작스러운 어머니와의 이별로 인한 슬픔을 견디며 잘해드린 것보다 못 해 드린 것만 생각나서 무척 후회되고 괴로웠다.

어머니의 존재는 평생 내 인생을 밝혀주는 환한 등불이었다. 부디 천국에서 아프지 마시고 평안을 얻으시기를 간절히 빈다.

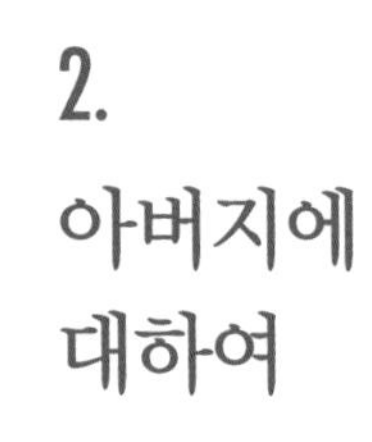

2.
아버지에 대하여

퇴근길 TV에서 흘러나오는 시청자의 말이 문득 가슴을 멈추게 했다. 음식 맛집인데 '어릴 때 아버지와 손잡고 왔던 추억의 맛집'이라고. 나에게 아버지와 손잡고 함께 한 추억이 남아있을까? 소작농 아들이었는데 어머니와 사랑의 도주로 서울로 피신한 아버지. 아버지는 내가 일곱 살 때 돌아가셨다. 나에게 아버지는 늘 아픈 모습이었다. 병원에 가기 위해 나에게 택시를 잡아 오라고 해서, 나는 일곱 살 어린 나이에 택시를 잡아 왔다. 이미 말기라 병원에서 퇴원한 아버지의 몸 상태는 좋지 않았다. 정확히 나이를 가늠할 수 없으나 세발자전거 손잡이에 형형색색 수

술이 달린 자전거를 부모님께 선물 받았던 기억이 난다. 좀 더 어린 시절이었겠지. 그리고 돌아가신 아버지 입관 때 삽으로 흙을 떠서 관 위에 부었던 게 기억난다. 이게 아버지에 대한 3가지 기억이자 추억이다. 아버지가 없는 삶. 배우자인 어머니도 힘드셨겠지만 남겨진 자식도 힘들기는 마찬가지였다. 굳이 그 설움과 고통을 다 말할 수는 없다. 이제 나이가 쉰일곱이 되고 보니 고단한 시간이 메말라 보상받을 수 없는 세월로 박제되었다.

자식이 스무 살이 될 때까지 아버지와 함께 지낼 수 있는 확률은 얼마나 될까? 내 주위를 돌아보면 아버지와 함께하는 삶의 풍경을 쉽게 볼 수 있다. 담배를 배우고, 술을 배우고, 군대 갈 때, 첫사랑에 힘들 때, 삶의 현장에 치인 어머니가 아닌 아버지한테 상의하고 싶은 순간들이 있었다. 그래서 내게 아들이 있다면 목욕탕에 함께 가서 때도 밀어주고, 머리를 말리며 바나나 우유도 먹고 싶었다. 같이 산도 다니고, 술도 가르쳐주고 싶었다. 물론 주위에 아들이 있는 집이 다 이렇지는 않다. 하나님은 누구에게나 감당할 수 있는 축복을 주신다고 한다.

나에게 아버지의 부재와 아들이 없는 삶. 하나님은 내가 참 미운가 보다. 둘 중 하나는 허락해 주셔야 되지 않았을까? 아버지와 그 흔한 맛집도, 목욕탕도, 놀이공원도 함께 못 가본 내 삶은 왜 이리 불행할까? 아버지가 살아계셨으면 내 삶이 많이 바뀌었을지도 모른다. 살아생전 어머니에게 들은 얘기로는 꽤나 현명했던 아버지. 서른네 살 10월 2일 가을날에 차마 떨어지지 않았을 발걸음을 돌리셨을 아버지. 내가 아버지보다 더 오래 산 날 산소에 가서 아버지보다 더 오래 살고 있다고 자랑했던 순간도 벌써 20년이 훌쩍 넘었다. 열심히 살고 아무리 좋은 아빠가 되려고 노력해도 여전히 아버지가 그립다. 아버지가 살아계셔서 함께 해봤으면 하는 아쉬움은 무엇으로도 메꿔지지 않는다. 나는 두 딸의 아버지다. 하지만 내가 자라오면서 아버지의 모습을 보고 자란 게 아니어서 두 딸에게 여전히 미숙하다. 부모도 사랑받는 경험이 필요하고 자식은 내리사랑인데, 나도 아버지는 처음이라서 가끔 서글프고 두 딸한테 미안한 마음이다. 아버지의 존재. 내 삶을 떠받치는 기둥이지만 아직도 그리운 존재다. 아버지, 천국에서 어머니와 행복하세요. 사랑합니다!

3.
냉면을 먹으며

한여름 8월 중순쯤이 어머니의 생신이다. 한여름에 나를 낳으시느라 고생하신 어머니. 어머니 생신 때 산소에 찾아뵙지는 않지만, 출근길에 아내에게 5만 원을 주고 아이들이랑 꼭 냉면을 먹으며 어머니를 잊지 말라고 당부했다. 살아생전에 어머니는 물냉면을 좋아하셨다. 나는 그때 아침을 안 먹고 다녔기에 점심에는 밥을 먹었다. 그러기에 면은 부담스러웠다. 그 당시에는 탄수화물 중독이란 말도 몰랐다. 면이나 밥이나 다 같은 건데. 냉면을 드시는 어머니에게 뭐가 맛있냐고 타박이나 했던 게 후회된다. 나도 같이 냉면을 맛나게 먹어볼걸. 자식과 함께 맛나게 먹는 추억을 못 드린 게 후회된다. 그때는 어머니가 영원히 계실 줄 알았다. 어머니가 돌아가신 지 7년째인데 어머니 생신 때마다 점심에는 뒤늦은 회한으로 물냉면을 먹는다.

어머니는 내 인생의 교과서였다. 어머니에게 나는 장남으로 남편의 빈자리를 메꾸어 주기도 했고, 인생의 친구이기도 했다. 나도 어머니를 보며 자랐다. 어머니가 40년 전에 강남에 아파트를 샀고, 군대 가기 전에도 집을 살까 하고 의정부에 데려간 일들이 나중에 내가 부동산 투자에 관심을 갖게 한 계기가 되었고, 투자 습관을 기르는 데 도움을 주었다.

어머니는 근검 정신이 몸에 밴 분이었다. 간장에다 밥을 비벼 먹을망정 빚을 지면 안 된다고 하셨다. 나도 사업자를 낸 뒤 26년이 지났지만, 무차입 경영을 하고 있다. 보통 제작 협력업체는 미수를 까는데, 종이, 인쇄, 제본, 래미네이팅 등 제작업체에 미수가 없다. 건물 리모델링과 제2창고를 구매하기 위해 받은 은행 대출은 어쩔 수 없는 채무였다. 부채도 자산이라 하지 않는가. 은행에서 돈을 빌리는 것도 능력이라 하지 않나. 그 은행 이자는 건물 월세로 충당하고도 남았다.

강남 아파트에 월세를 놓고 어머니가 관리하셨다. 세입자가 나가면 새로운 세입자를 위해 내부 페인트를 혼자 칠하셨다. 밀폐된 공간에서 그 페인트 냄새를 왜 혼자 맡으며 일했느냐고 화를 낸 적이 있다. 제발 돈 주고 사람을 쓰시라고. 하지만 그 부모에 그 자식이라고, 나도 건물을 사고 옥상 바닥 방수와 주차장 페인트칠, 제1, 제2 창고 바닥 페인트 공사를 내가 직접 했다. '피는 못 속이는구나'라는 한탄과 함께 어머니를 생각했다. 아버지가 계셨다면 나는 원하던 검사가 되었을까? 아버지와 결혼하지 않고, 할머니의 바람대로 수학 선생과 결혼했더라면 어머니의 인생도 달라졌을까? 나 역시 아낄 것은 최대한 아끼고 쓸 때는 과감히 투자한다. 이런 습관은 51년을 함께한 어머니의 인생을 보고 배우며 자랐기 때문이다. 어머니도 이제 지상에서의 고단함을 내려놓으시고 편안하셨으면 좋겠다.

4.
장자회, 장남, 장교, 사장 이야기

내 취미 중 하나가 골프다. 몇 개 골프 모임이 있는데 그중 하나가 '장자회'다. 멤버들이 우연히 장남들이어서 장자회라고 모임 이름을 지었다. 대한민국에서 장남으로 산다는 것. 그 고단함을 라운딩 후 치맥 한잔으로 나누다 보면 유대감이 높아졌다. 나는 이상하게 장(長)자와 인연이 깊다. 아니 운명인지도 모른다. 홀어머니를 곁에서 모시고 살다 보니 나는 장남 이전에 가장이었다. 동생이 대학입시를 보는 날, 새벽에 동생을 깨워서 시험장에 데려다주고 시험이 끝나면 집으로 데려왔다. 어머니가 장사하셔서 동생들을 돌보는 것은 내 몫이었다.

내가 장남이기에 먼저 장교로 군대 문제를 개척했다. 친척 아들들이 손을 써서 편한 부대에 배치될 때 우리는 백이 없으니 군 생활이 길어도 장교의 길을 택할 수밖에 없었다. 막상 장교로 가보니 생각보다 할 만했다. 소위 계급장도 달았고, 월급도 받았다. 대학원생에서 하루아침에 별정 공무원이 되었다. 훌쩍 어른이 된 것 같았다. 월급을 받는다는 것은 사회인이 되었다는 것을 의미했다. 상급자들과의 관계, 그리고 내 밑의 병사와 부사관들과의 관계. 이런 사회학습은 진정한 사회인이 되기 위한 첫걸음이었다. 그리고 교육장교를 하면서 기안 업무를 했던 것이 기획사를 하는 데 근간이 되었다. 그리고 전역하기 1년 전 본부 포대장의 역할을 통해 리더십을 배울 수 있었다.

사회에 나와 출판사에 입사한 후 3개월 만에 파격적으로 과장이 되었다. 영세한 출판사이지만 나는 3개월만 평사원을 지낸 셈이다. 그리고 2년 뒤 창업했으니, 지금까지 쭉 사장으로 지내오고 있다.

골프 모임을 여러 개 했는데 모임의 대소사를 결정하는 회장직을 맡기도 했다. 태어날 때부터 장남이었지만 그 뒤로도 장(長)자의 삶을 운명처럼 살고 있다. 장(長)자로 사는 데에는 불편한 점이 많다. 어머니의 젊은 모습을 가장 많이 곁에서 봤다는 게 유일한 복이겠지만, 누가 가르쳐주지 않은 책임감이 나를 힘들게 하곤 했다. 태어날 때 장남인 게 나 혼자만은 아니겠지만 장(長)의 자리에만 서는 삶을 살아온 것은 좀 특이하다. 왜 이리 장(長)자의 삶을 살아왔을까? 아마 아버지의 부재가 나를 조숙하게 만든 게 아닐까. 가난하고 힘들면 금방 철든다고 하지 않던가.

서울에 이사 온 지 얼마 안 되어 동네 친구들과 놀다 배구공을 터트린 적이 있다. 다 해진 공이었는데 친구가 새로 사놓으라고 난리를 쳤다. 당시 단칸방에 살았던 나는 어머니에게 말할 수 없어 못을 주우러 다녔다. 두 달 동안 주운 못을 팔아 4,500원 하던 배구공을 새것으로 사주었다. 이게 내가 세상을 대하는 첫 번째 접근 방식이었다. 이런 조숙아가 다행히 미숙아는 안 되었다. 나는 원래 팔삭둥이였다. 인큐베이터에도 못 들어가고 보리차만 먹였는데 살았다고 한다. 거의 사진이 없는데 돌 때 찍은 사진을 보면 아버지와 어머니가 나를 안고 있다. 돌 사진은 보통 아기 혼자 앉아있는데 나는 혼자 앉지를 못했다고 한다.

세 들어 살고 있어 주인집 초등학생 아들이 책을 읽을 때면 그 소리가 나는 곳으로 아기인 내가 기어갔다고 한다. 바보는 아니었나 보다. 팔삭둥이가 살아 어머니를 열심히 지키다 보니 그 습성이 장(長)자의 삶을 지탱하게 만든 것은 아닐까. 그 책임감이 장교로 임관해 군 생활을 하는 동안 삶의 터닝 포인트를 만든 게 아니었을까? 나는 뛰어난 장교는 아니었지만 성실한 장교였다. 매일 야근하고 새벽에 퇴근하다 연못에 빠진 적이 있었다. 다행히 큰 사고는 안 났지만 그때 들고 간 소주가 깨졌는지 확인부터 했다. 매일 퇴근이 늦어 피곤해서 씻지도 못하고 자서 걸린 무좀이 지금도 훈장처럼 남아있다. 전역하기 1년 전 본부포대장 취임식 전에 신입 소위처럼 머리를 짧게 자른 그 순간처럼 나는 지금도 머리를 짧게 자른다. 항상 매 순간 새로운 시작점에 있는 것 같다. 장교 생활은 '나는 무엇을 하고 살지?', '나는 누구일까?'를 고민하는 자성과 각성의 시간이었다. 내가 만일 방위로 군대에 갔다면 분명 지금의 나와는 달랐을 것이다. 이제 생각해 보면 장(長)자의 삶을 딱히 원한 것은 아니었지만, 나에게 어울리는 삶인 것 같다.

5.

꾸준함을 유지하고 산다는 건

1999년에 홀로 창업해서 지금까지 쉼 없이 꾸준히 달려왔다. 창업해서 10년을 지속할 수 있는 회사는 7% 정도라는데, 25년째 지속할 확률은 얼마나 될까? 2013년 한성출판기획과 /OPTION/에이전시, P&P디자인 회사를 접고 출판사에 올인했다. 그전까지는 오직 망하지 않을까 하는 두려움으로 한 해를 넘겼다. 내가 한창 기획사로 자리 잡을 때 바다에이전시와 비슷하다는 말을 듣곤 했다. 그러나 한 번도 바다에이전시의 실체와 마주한 적은 없다. 그만큼 거의 모든 기획사가 다 망한다고 해도 과언이 아니다.

현재의 북오션 사옥을 사고 출판사에 올인하면 이제 망하지 않을 것 같았다. 2013년 기획사를 접고 출판사만 하기로 작정하면서 내 삶의 패턴도 바뀌었다. 일단 기획사 시절 매주 3~4회 먹던 술을 거의 끊었다. 기획사 시절에는 영업을 위해 출판사 대표나 편집장, 그리고 저자와 술을 마셨다. 그리고 대취했다. 그러니 자연히 다음 날 업무에 지장이 있었다. 술을 멀리하고 책 만드는 일에 진심을 갖게 되었다. 예전 기획사 시절에 만든 책은 솔직히 내 책이라고 볼 수 없다. 숫자로 나타내면 85% 진심이랄까. 이제 출판에 매진하기로 했으니 출판에 대한 태도와 마인드가 자연스럽게 바뀌었다. 집과 물류창고, 회사를 시계추처럼 왕복해서 다녔다. 주말에 골프 연습장에 다녀오는 것 외에는 출판 예정 원고 검토와 제목, 표지 이미지 찾기를 반복했다. 거의 10년간의 칩거 생활이었다.

매일 아침 7시 30분에 일어나고 퇴근 후 오후 8시에 집에 와서 반신욕하고 12시에 잠드는 생활을 하고 있다. 반신욕은 8년 정도 했는데 폭염을 제외하고는 거의 매일 하고 있다. 20년 전 우리나라에 반신욕 열풍이 불 때만 해도 나는 30대 중반이었고 매일 술을 마시다 보니 반신욕은 언감생심이었다.

그런데 8년 전 봄 킨텍스 골프 박람회에 참가했을 때, 거기에서 나무로 만든 건식 사우나를 팔고 있었다. 판매 부스에 가니 판매원이 집에 있는 안마기를 버리고 그 자리에 사우나를 놓으라고 권유했다. 이제 술도 안 마시니 집에 가면 반신욕을 할 수 있을 것 같았다. 처음에는 숨이 답답하고 힘들었지만, 일주일이 한 달이 되고 육 개월이 되었다. 그리고 일 년이 지나니 반신욕이 생활 습관이 되었다. 내가 매일 하니까 아내와 두 딸도 매일 반신욕을 한다. 다 큰 딸들이 매일 하기는 쉽지는 않은데 집에 들어가면 작은딸의 인사가 '아빠, 물 틀까요?'이다. 딸들도 반신욕이 좋은 것을 아는가 보다. 반신욕을 오래 해보니 좋다. 땀으로 노폐물이 배출되는지 개운하고 잠도 잘 와서 숙면할 수 있는 것 같다. 최근 인쇄소 거래처 이사에게도 반신욕을 권했더니 열심히 실천하고 있다고 한다.

얼마 전 영화감독 K와 미팅을 하고 점심을 먹으러 가는데 K가 말하기를, 내가 모래주머니를 발에 차고 있는 게 너무 인상적이라고 했다. 나는 거의 매일 모래주머니를 차고 다닌다. 물류창고에서 일할 때도 차고, 집에 도착해서 벗을 때까지 매일 차고 있다. 주말에 집에 있는 날도 종종 차고 있다. 모래주머니를 하게 된 것은 어느 날 퇴근해서 집에 갔더니 아내가 500그램짜리 모래주머니를 차고 있었는데 신기해서 나도 1.5킬로그램을 주문했고, 그때부터 계속 발목에 차게 됐다. 2킬로그램은 자꾸 흘러내려 포기했다. 모래주머니를 꾸준히 차고 다니는 것은 스스로 체력이 좋아지는 것을 느끼기 때문이다. 매년 먹어야 했던 홍삼을 먹지 않는 것을 보면 알 수 있다.

젊었을 때는 재테크에 힘썼지만, 나이가 들어갈수록 근테크에 관심을 두게 된다. 집에 있는 아령과 케틀벨과 친하게 지내려 한다. 또 요즘은 사과와 콩에 진심이다. 아침마다 사과 1개를 깎아서 뜨거운 물과 함께 락앤락 용기에 담아 출근한다. 그런지도 벌써 1년이 넘었다. 아침에 먹는 사과가 금이라는 말을 실천하고 있다. 루틴이라는 말이 있다. 골프를 칠 때도 자기만의 준비 동작인 루틴이 있듯이 항상 뭔가를 꾸준히 하다 보니 익숙한 삶의 방식으로 자리 잡았다.

15년간 구피를 키웠고, 거북이도 몇 번 시행착오를 거쳐 10년째 키우고 있다. 물고기와 거북이를 키우다 보면 성가실 때가 있다. 어항 물을 갈아 주는 데도 생각보다 시간이 오래 걸린다. 그러나 부화기가 다른 어항 속의 구피들을 바라보는 것이 흥미롭다.

북오션 사옥을 산 후 19년째 한자리에 있다. 언제부터 나는 꾸준함과 친해졌을까? 학창 시절에도 제일 늦게까지 도서관에 남아서 공부했다. 아마 백도 없고 가진 게 없는 집에서 태어나다 보니 뭐든 열심히, 성실히, 최선을 다하는 게 유일한 방법이었는지 모른다. 학원도, 과외도, 받을 수 없던 중1 때. 잘난 척하던 서울시장 아들을 성적에서 이겼던 그 순간부터 어쩌면 성실은 내 운명이자 인생의 시그니처가 되었는지 모른다.

5장

출판사가 나아가야 할 방향

MZ세대는 네이버 검색보다 유튜브 영상으로 검색하는 것이 더 익숙하다. 그렇다면 오늘날, 책은 우리에게 어떤 의미가 있을까? 독자 수는 갈수록 줄어들고 있는데 출판 발행인으로서 나는 왜 계속 책을 출간해야 할까? 책을 거의 매주 내면서도 나는 아직 그 고민을 멈추지 않고 있다.

1. 유튜브 채널 '쏠쏠TV', '쏠쏠라이프TV' 개국

《다시 뜨는 아시아의 별 기회의 땅, 베트남》
(이광욱, 북오션, 2019)

2019년 10월에 이광욱 변호사가 점심을 같이 하자고 연락해 왔다. 이 변호사는 우리 출판사에서 《다시 뜨는 아시아의 별 기회의 땅, 베트남》을 낸 저자인데 그 책은 2019년 세종도서 교양부문에 선정되기도 했다. 이 변호사의 부친은 월남전에 군의관으로 참전하신 용사였다. 부친은 아들이 쓴 책을 보시고 얼마 뒤에 돌아가셨는데 그런 인연이 있어

이 변호사가 각별하게 생각되었다.

저자는 점심을 먹으며 〈세바시〉 이야기를 하면서 나에게 유튜브를 해보라고 권했다. 하지만 유튜브를 하기에는 자신도 없고, 회사 차원에서 비용과 시간이 들어 엄두가 나지 않았다. 당장 유튜브 장비는 어떻게 조달하고 콘텐츠는 무엇으로 할지, 편집은 누가 하고 동영상을 어떻게 올릴지 등 생각할 게 한두 가지가 아니었다. 그래도 고민이 됐다. 대세의 흐름인 유튜브에 호기심도 있었다. 대학생이 된 두 딸이 언제부터인가 TV보다는 유튜브를 더 많이 시청하는 것을 보며 그 세계가 궁금하기도 했다. 그래서 일단 시도해 보기로 했다.

유튜브 방송 준비

2020년 1월 23일 4층 사무실 중 편집부 방을 완전히 비우고 거기에 유튜브 스튜디오를 만들었다. 카메라, 조명, 방음장치, 가림막을 설치했고, 책을 보면서 유튜브에 대해 공부했다. 동영상 편집은 편집부장이 주말에 집에서 알바를 하기로 했다. 이과 출신이라 컴퓨터에 능했기 때문이다. 보통 유튜브는 개인 방송 위주였다. 우리는 출판사 이름이 아닌 〈쏠쏠TV〉와 〈쏠쏠라이프TV〉로 채널명을 정했다. 출판사 이름을 내세우면 책 소식만 전한다는 편견을 심어줄 것 같았다. 채널명에 '쏠쏠'을 붙인 이유는 어감상 입에 착 감기는 말인 데다 '재미가 쏠쏠, 돈이 쏠쏠, 정보가 쏠쏠'이라는 표현을 종종 사용하기 때문에 독자에게 어필할 수 있을 것 같았다. 유튜브 방송에는 재테크 관련 책을 쓴 저자들을 내세우기로 했다. 채널 아트를 만들고 개국을 준비하기까지 거의 두 달이 걸렸다.

유튜브 채널 방송을 시작하다

영상 촬영을 하고 편집을 거쳐 첫 영상을 만든 후 2020년 4월 8일 유튜브 채널을 개국했다. 지인들에게 축하 문자와 케이크 선물도 받았고, 개국 기념 케이크 커팅도 했다. 첫 영상은 최기운 저자의 '10만원으로 시작하는 주식'이었다. 〈쏠쏠TV〉는 부동산, 주식, 돈, 억대 연봉, 종

합소득세, 보험 등 생활 속에서 알면 돈이 되는 정보를 콘텐츠로 했다. 콘텐츠를 제공하는 유튜버들은 북오션에서 책을 낸 저자들이었다. 일종의 저자 직강인 셈이었다. 10년 전쯤 직장인 직무능력 향상을 위한

〈쏠쏠TV〉 개국 기념 케이크

이러닝(e-Learning) 강좌를 촬영해서 배움닷컴 측에 팔았는데 그때는 너무 앞서갔는지 별 소득 없이 끝났었다. 이번에 저자들이 〈쏠쏠TV〉에 참여하게 된 것에는 책으로 쓴 내용을 토대로 영상을 만들어 보고 싶어 하는 능동적인 욕구가 크게 작용했다. 우리 출판사에서 영상 촬영과 편집을 맡고 영상이 업로드된 뒤에 파생되는 강연과 이벤트 등의 수익은 저자가 갖기로 했다. 저자들도 생각보다 적극적이어서 5개의 영상을 찍고 2차로 유튜브 영상을 더 찍자고 하는 이들이 대다수였다. 〈쏠쏠TV〉에는 현재

까지 163개의 영상이 올라가 있고, 구독자는 3만 200명이다.

유튜브 1,000명 구독자 목표 달성

구독자가 1,000명, 구독 시간이 4,000시간이 되어야 구글 광고가 붙어 수익이 난다는데 유튜브를 운영해 본 사람은 알겠지만 1,000명 구독자는 모으기 엄청 힘든 숫자임을 뼈저리게 느꼈다. 지인들에게 구독을 부탁하고, 두 딸의 친구들과 아내가 다니는 교회 사람들에게도 홍보해달라고 부탁했다. 초반에는 구독자 300명도 어려웠다. 1차 목표인 1,000명 구독자를 모으기 위해 열심히 홍보했다. 1,000명을 넘으면 10명 단위로, 1만 명이 넘으면 100명 단위로 바뀐다. 1,000명이 되기 전까지는 구독자가 매일 시시각각으로 바뀌었다. 유튜브 콘텐츠에 대한 반응이 어떨지 기대 반 우려 반이었다. 먹방, 게임, 브이로그, 키즈 등 대세인 유튜브 콘텐츠와는 달리 재테크 정보를 담은 지식정보 콘텐츠에 구독자들이 어떻게 반응할지 궁금했다.

〈쏠쏠TV〉에 등장하는 유튜버들은 나이가 40대 이상이었고, 코로나로 인한 비대면 온라인 강의와 유사한 느낌이었다. 그렇다고 어그로를 끄는 자극적인 영상을 만들 수도 없었다. 유튜브는 정규 방송이 아니기에 심의 규정에 걸릴 염려가 없으니 어느 정도 복장이나 강의 멘트가 톡톡 튀어야 할 필요가 있었다. 그래도 진정성 있는 콘텐츠은 통한다고 믿었다. 〈쏠쏠TV〉에 올린 콘텐츠 영상을

〈쏠쏠TV〉 콘텐츠 영상 화면캡처

살펴보면 다음과 같다. 쏠쏠 주식 카테고리에 '박병창의 주식 투자 기본도 모르고 할 뻔했다', '주식투자의 정석', '주식 고수 유지윤의 데이트레이딩', 쏠쏠 부동산 카테고리에 '장인석의 착한 부동산', '노병윤이 알려주는 꼬마빌딩 건물주되기', '건물병원 원장 이현욱의 죽은 건물 살리기', 쏠쏠 돈 되는 정보 카테고리에 '김진혁의 쏠쏠하게 재미있는 돈 이야기', '무역언니의 글로벌 비즈니스 이야기', '남성복의 슬기로운 보험생활'이 있다. 자막 왼쪽 하단에는 우리 출판사에서 출간한 책 이미지를 노출하여 영상을 보고 궁금한 독자들이 책을 구매할 수 있도록 했다. '저자 직강' 유튜브라는 측면에서 우리 콘텐츠가 영향력을 미칠 수 있지 않을까 싶어 기대가 됐다.

2020년 8월 7일 드디어 〈쏠쏠TV〉 구독자가 1,000명이 되었다. 구독자 1,000명을 모으는 데 4개월이 걸렸고, 40일이 지난 9월 20일 1,500명이 되었다. 4개월 뒤 2021년 1월 15일에 드디어 구독자 3,000명이 되었다. 그리고 2021년 11월 15일 구글로부터 120달러(약 135,000원)를 처음 입금 받았다. 한 달 뒤에는 95달러(약 107,000원)가 입금되었다.

유튜브 〈쓸쓸TV〉와 〈쓸쓸라이프TV〉 메인 페이지

제작비에 비해 턱없이 모자란 수익이지만 유튜브를 처음 시작했다는 것에 의의를 두기로 했다.

〈쏠쏠TV〉가 재테크, 자기계발 콘텐츠 채널인 반면, 〈쏠쏠라이프TV〉는 취미, 실용 관련 콘텐츠 채널이다. 채널 소개 영상을 제외하고 10개의 카테고리(쏠쏠 시낭송, 쏠쏠 아트, 쏠쏠 동물농장, 쏠쏠 문학, 쏠쏠 학습, 쏠쏠 뮤직, 쏠쏠 메디컬, 쏠쏠 동산, 쏠쏠 푸드, 쏠쏠 HOT BOOK)로 구분해 관련 영상을 업로드했다. 〈쏠쏠라이프TV〉 역시 취미와 실용서 저자들의 직강으로 이루어져 있다. 〈쏠쏠TV〉보다 한 달 뒤에 오픈했는데 구독자 수는 1,060명까지 늘어났다. 올린 영상 콘텐츠의 퀄리티와 편집, 강사 수준을 볼 때 다소 아쉬운 성적이다. 유튜브 채널을 운영하는 게 쉽지 않음을 온몸으로 겪고 있는 셈이다.

두 개의 유튜브 채널은 현재 운영을 잠시 중단한 상태지만 이탈자가 많지는 않다. 〈쏠쏠TV〉 구독자 수는 3만 200명이고, 〈쏠쏠라이프TV〉 구독자 수는 1,060명이다. 유튜브 채널을 어떻게 관리하고 운영해 나갈지 고민을 계속하고 있다.

2.
북오션빌딩 리모델링

2020년 1월 초 북오션빌딩 1층에 있는 베이커리가 갑자기 폐업을 한다고 알려 왔다. 몇 년째 영업을 해 오고 있어 주변에서 빵 맛이 좋다고 입소문이 난 빵집이었다. 동업자들의 분란으로 결정된 의외의 폐업이었다. 지층을 빵 제조 공장으로 사용하고 있었기에 갑자기 1층과 지층이 공실이 되었다. 두 달째 공실이 지속되자 건물 리모델링을 진지하게 고민하기 시작했다. 북오션빌딩으로 이사 온 지 17년이 되면서 5층과 6층의 전세금이 시세에 맞게 올라갔으나 엘리베이터가 없는 건물이라는 이유로 찬밥 취급을 받았다. 우리 건물은 방이 3개이고, 베란다가 2개에 화장실도 있었다. 그러나 요즘은 신축건물에 방이 2개여도 엘리베이터가 있으면 세입자들이 무조건 계약한다고 부동산 사장들이 이야기하곤 했다. 부동산에 전세 매물을 내놓으러 가서 엘리베이터가 없다고 하면 난감한 표정을 지었다. 우리 건물에 엘리베이터가 없는 게 뭔가 잘못된 것처럼 느껴졌다. 건물에 엘리베이터를 설치하는 문제를 진지하게 고민해야 될 시점이었다.

우선 건물에 엘리베이터를 설치할 공간이 있는지 알아보고자 건축설계사에게 문의했다. 마침 몇 년 전 옆 건물에서 엘리베이터 설치 공사를 했다. 건물주가 ROTC 1기여서 임관 출신은 달라도 막역한 선후배 사이로 지냈기에 건축설계사를 소개받을 수 있었다. 옆 건물의 경우 엘리베이터를 설치할 위치와 공간이 충분해 공사가 수월했다. 하지만 우리 건물은 화장실이 있던 자리에 엘리베이터를 설치하고 새로 화장실을 만들어야 하는 대공사를 진행해야 했다. 공사가 가능한 것인지, 해보고 안 되면 어떨지 싶은 생각에 반신반의하며 건축설계사와 미팅을 했다. 다행히 건축설계사의 대답은 긍정적이었다. 다만 건물 내부 리모델링 공사를 설계하고, 구청에서 허가받을 때까지 한 달 정도 소요된다고 했다. 나는 바로 리모델링 공사를 하기로 하고 인테리어 업체 선정에 들어갔다.

4개 인테리어 업체와 미팅을 했다. 업체별로 실측한 견적서를 가져왔다. 처음에는 건축 용어가 낯설어 귀에 잘 들어오지 않았다. 하지만 각 업체와 미팅을 계속하면서 조공, 타공 등의 용어가 익숙해지고 리모델링 과정이 머릿속에 그려졌다. 하지만 업체마다 리모델링 진행 과정이 달라서 결정하는 데 어려움을 겪었다. 한 업체는 건물 내부를 그대로 놔두고 계단을 허물어 엘리베이터 설치가 가능하다고 했다. 그러나 상식적으로 계단의 대리석을 다 허문다는 게 납득이 안 됐다. 다른 업체는 당초 예산보다 1.5배를 초과한 견적서를 가져왔다. 또 다른 업체는 견적서의 절반 이상의 항목에 〈협의 후 가능〉이라 적었는데, 이는 추가 비용이 더 든다는 것을 에둘러 표현하는 말이기도 했다. 벌써 장마가 오고 있어 공사를 진행할 게 걱정되었으나, 다행히 설계도가 완성되었고 구청에서도 공사

승인이 났다. 그전에 건물 구조 진단 평가가 가능하다는 긍정적인 소식을 들었다.

리모델링 공사업체를 선정하기 전에 먼저 현대엘리베이터와 8인승 엘리베이터를 계약했다. 여러 업체가 있었으나 현대엘리베이터가 1등 업체이니 나중에 AS가 수월할 듯했다. 6인승은 실제로 5명이 탈 수 있어 우리 출판사 직원들이 다 탈 수 없었고, 8인승과 6인승의 금액 차이가 크지 않아 8인승으로 계약한 것이다. 사장님과 엘리베이터를 계약한 후 차를 마시며 대화를 나누었는데, 알고 보니 LG 트윈스 광팬이었다. 나 역시 40년 전 중3 때부터 LG 트윈스 전신인 MBC 청룡 때부터 찐팬이었기에 서로 할 얘기가 많았다. LG 트윈스에 대한 내 열정은 남달라서 10년 전《10년을 기다린 LG 트윈스 스토리》(안승호, 김식 공저, 북오션, 2013)를 출간할 정도였다. 위 책을 출간한 직후 출판사

《10년을 기다린 LG 트윈스 스토리》
(안승호, 김식 공저, 북오션, 2013)

LG 트윈스의 박용택 선수(좌), 오지환 선수(우) 사인볼

직원들과 함께 잠실 야구장에 가서 책을 판매하기도 했고, 온라인 서점 이벤트로 LG 트윈스 선수 사인볼을 주기도 했다. 현대엘리베이터 사장님과 LG 트윈스가 우승하지 못한 것에 대해 열변을 토한 후 선수 사인볼을 주었더니 아이처럼 좋아했다.

건물 엘리베이터 설치 공사

인테리어 업체와의 미팅이 난관에 빠지면서 계약 이후 현대엘리베이터 사장님께 혹시나 해서 엘리베이터 설치업체를 소개해 줄 수 있는지 물어보았다. 엘리베이터를 설치하려면 기초 철골과 H빔 철제 작업 등을 통상 같이 진행하지 않느냐고 물었더니 대개 같이한다고 시공업체 두 군데를 소개해 주었다. 그전에는 인테리어 업체하고만 미팅을 진행했는데, 이번에는 두 개의 철골업체와 미팅하기 전 견적서를 미리 받았다. 두 업체의 견적 비용은 비슷했는데, 하나는 사장 명의로 왔고, 다른 하나는 영업부장 명의로 와서 사장 명의로 온 업체와 미팅했다.

이전에 미팅한 인테리어 업체의 경우 엘리베이터 시공부터 철거, 화장실 공사, 상수도 공사 등을 일괄로 맡기로 했다면 해당 철골업체는 화장실 공사와 엘리베이터 시공만 하기로 했다. 공사 전체를 맡기면 몸이야 편하겠지만, 17년 전 인테리어 업자가 도망갔을 때 감당해야 했던 일들을 떠올렸다. 공사를 다 맡기고 불안해하느니 차라리 내가 직접 발로 뛰어 인테리어 공사를 진행한다면 비용을 절감할 수 있을 것 같았다. 업체와 계약을 체결하고 공사를 진행했다. 내부 공사만 두 달, 화장실 공사부터 지하, 천장, 2층 철거 후 사무실 개조, 주차장 공사 등에 석 달이 걸려 공사 기간은 총 다섯 달이 소요되었다.

건물 내부 공사가 진행되는 두 달 동안 사무실을 빌려야 하는지 고민이 되었다. 두 달을 위해 사무실을 빌리고 이사하는 일련의 일들이 번거로워서 재택근무를 하기로 했다. 코로나 팬데믹으로 줌(Zoom) 회의가 익숙해진 것처럼 우리는 매일 카톡으로 업무일지를 올리고 업무 협조가 필요한 사항들은 카톡이나 전화로 소통했다. 매주 금

북오션빌딩 엘리베이터 설치와 리모델링 공사

요일에는 사무실 근처 카페에 모여 건물 공사 진행 상황도 확인하고 직원들과 함께 점심을 먹었다. 그리고 차를 마시면서 주간 업무 회의를 했다. 처음 시도하는 재택근무였지만 직원들이 잘 적응해 주었다. 나는 매일 오전 물류창고로 출근을 계속했고, 1주일에 3일 정도 공사 현장을 방문했다.

본격적인 리모델링 시작

건물 리모델링 공사는 신축공사 이상으로 어려움이 많았다. 우선 1층과 지하를 제외한 세입자 이사 문제가 선행되어야 했다. 소음과 먼지로 인해 건물 전체를 공실로 만들어야 했다. 5층은 11월에 이사를 가서 공실이었으나 2, 3, 6층은 비워야 했다. 전세금은 은행에서 신용대출이 가능해서 6층은 이사를 나가기로 했다. 그러나 2, 3층은 이사를 거부해서 난감했다. 할 수 없이 2, 3층 거주자들은 공사 기간에 망원역 근처에 있는 호스텔에서 지내게 했다. 그런데도 공사 기간 집기 파손이나 귀중품 분실 시 손해를 배상하라고 각서를 내미는 세입자에게 오만 정이 떨어졌다. 이럴 때는 건물주가 죄인인가 싶을 만큼 세입자들이 무례하게 굴어도 달리 방법이 없었다.

공사가 결정되었기에 별 수 없이 각서에 적힌 요구사항을 들어주기로 하고 공사를 진행했다. 공사한 지 두 달쯤 지나 주요 공사인 엘리베이터 설치를 마치고 준공검사도 완료했다. 승강기 협회에서 나와 지적한 사항도 보완하여 승인받았다. 내부 화장실도 공사를 마쳤다. 벽을 허물고 출입문을 만들었다. 출입문은 전 층을 같은 디자인으로 했고, 번호키도 통일해서 달았다. 그리고 각 층의 방마다 새시와 문을 새로 설치했다. 엘리베이터 설치와 화장실, 새시 공사는 리모델링 공사의 핵심이었다. 다음 공사 단계는 건물 내부 페인트 공사, 화재를 대비한 각층 소화기 설치와 화재 경보기 교체, 그리고 지하 천장 방수 공사와 1층 주차장 공사, 지하 화장실 공사를 마지막으로 8월 말에 대부분 공사가 마무리되었다.

특히 17년간 걸어다니면서 얼룩진 벽을 보다가 새로

하얗게 칠한 벽을 보니 감개무량했다. 물론 그전에 직원들은 8주간의 재택근무를 마치고 7월 1일부터 다시 사무실로 출근해 근무를 시작했다. 처음이자 마지막일지 모를 재택근무가 그렇게 끝났다. 나는 직접 공사 현장을 찾아 구석구석 체크하며 미처 신경 쓰지 못한 부분들을 보완해 나갔다. 각 층의 통신함이나 계량기 박스는 일괄적으로 교체했고, 주차장 출입문과 외벽 페인트도 새로 칠했다.

이제 리모델링 빨간 벽돌의 외벽을 대리석으로 교체하는 작업만 남았다. 국산 돌은 거의 없어서 해외에 주문했더니 40일 만에 왔다. 미색과 검정색 2가지를 섞어 외벽의 다양성을 살리고 싶었다. 9월 초부터 작업에 들어갔는데, 기존 외벽의 빨간 벽돌 상태가 나쁘지 않아 비용도 절감할 겸 외벽 대리석 뒷면은 하지 않고 정면과 양 측면 벽의 1/3만 하기로 했다. 작업이 끝난 후에는 다들 건물 외벽이 흉하지 않고 절묘하다고 했다. 막상 외벽 작업은 비 때문에 고생이었다. 9월 장마도 아닌데 거의 15일 이상 비가 온 것 같았다. 비가 오면 추락의 위험이 있어 공사가 이루어지지 않았다. 9개월째 건물이 공실이니 공사가 빨

리모델링으로 새 단장을 한 북오션빌딩

리 진행되었으면 하는 바람이 있었다. 10월 7일 드디어 모든 공사가 마무리되었다. 5월 10일 공사가 시작되었으니 5개월이 걸린 셈이었다. 19년 전 2004년에도 10월 7일에 건물 이전식을 했는데 공교롭게도 같은 날 공사가 끝났다. 나는 지인들을 불러 17년 전 그날처럼 기념식을 하고 싶었으나 코로나 시국이라 행사를 하고 싶은 마음을 접었다. 그리고 작가와 지인, 친구들에게 SNS와 전화로 건물 리모델링이 끝났다는 소식을 전했다. 고맙게도 거래처와

여의도 뷔페에서 직원들과 건물 리모델링 낙성식을 하다

작가들, 친구들에게서 축하 화분과 선물을 많이 받았다. 나 역시 답례로 식사 대접을 했다. 건물을 방문한 이들은 건물 엘리베이터가 넓고 고급스럽다고 칭찬 일색이었다.

11월 5일에는 여의도 뷔페에서 전 직원들과 함께 건물 리모델링 낙성식을 하며 북오션 출판사의 새로운 출발을 알렸다.

3.
'장르 소설'로 출판 방향을 바꾸다

2022년에 2월에 본격화된 러시아와 우크라이나 전쟁으로 곡물값이 폭등하고 전 세계에 인플레이션 쇼크가 몰아쳤다. 유가가 상승하고 주가가 폭락하자 그 여파로 북오션이 주력해 온 주식, 부동산, 가상화폐 등의 경제경영서와 자기계발서 등의 판매량이 곤두박질쳤다.

지금 북오션은 장르 소설 출판사로 궤도를 수정하고 있다. 2012년에 항간에 떠도는 무서운 이야기를 모아 편집해서 《무서운 이야기》로 책을 냈는데 기대 이상으로 반응이 좋아 개정판을 네 번이나 찍었다. 그 이후 외부에서 원고 투

《무서운 이야기》 4권의 개정판

고를 받아 출간한 책이 《지옥 인형》과 《유리 인형》이다. 양국명, 양국일 쌍둥이 작가의 책으로 《조선일보》에 인터뷰 기사도 실렸지만, 판매에 그리 도움은 되지 않았다.

공포소설의 대가 전건우 작가와의 인연

지금은 공포소설의 대가가 된 전건우 작가를 섭외해서 2019년에 《한밤중에 나 홀로》를 출간했다. 카페 홈즈에서 북 콘서트를 열어 출판사 직원 2명

《한밤중에 나 홀로》
(전건우, 북오션, 2019)

과 함께 참석했다. 처음 여는 북콘서트였는데 좁은 공간임에도 독자들의 뜨거운 열기가 느껴졌다. 그 당시 북콘서트 사회를 정명섭, 조영주 작가가 공동으로 진행했다. 그들의 흥미로운 진행 솜씨가 눈길을 끌었다. 며칠 뒤 전건우, 정명섭, 조영주 작가와 함께 점심 식사를 같이하며 '아파트'라는 공간을 소재로 앤솔러지 소설집을 계약했다.

북오션에서 출간한 다양한 테마의 앤솔러지 소설집

그것이 앤솔러지 기획의 시작이었고, 그 후에도 《짜장면》, 《혼숨》, 《고문관》, 《네메시스》, 《귀신 들린 빌라》 등 여러 권의 앤솔러지 소설집을 출간했다.

《시그니처》
(정명섭, 북오션, 2022)

그 당시만 해도 앞으로 장르 소설에 주력하는 출판사가 되리라고는 짐작하지 못했다. 처음 계약한 3명의 작가와 앤솔러지 소설집 1권을 출간하기에는 좀 아쉬운 마음이 들어 개인별로 계약금을 2배로 주고 장편소설로 다시 계약했다. 그래서 나온 것이 정명섭 작가의 《시그니처》였다. 2022년에 출간된 《시그니처》는 '2022 콘텐츠 IP 사업화 상담회'의 피칭 공식 선정작으로 코엑스에서 영상 제작업체와 비즈니스 미팅을 하기도 했다. 2023년 4월에 출간된 《안개미궁》도 그때 계약한 전건우 작가의 작품이다. 전건우 작가는 그 후로도 《괴담수집가》, 《금요일의 괴담회》, 《죽지 못한 자들의 세상에서》로 계속 작업이 이어지고 있다.

전건우 작가의 장르 소설 작품들

전건우 작가 덕분에 장르 소설을 본격적으로 출간하게 됐으니 인연이 깊다.

요즘 트렌드는 에세이

같은 출판계에서 일하는 친구가 타 출판사의 에세이 〈아무튼 시리즈〉가 인기라고 내게도 에세이 출간을 권유했다. 다음 날 인터넷 서점에서 〈아무튼 시리즈〉를 검색해 보니 판매지수가 꽤 높았다. 그래서 우리 출판사도 편집부와 기획 회의를 해서 에세이 출간에 돌입하기로 했다. 2019년에는 힐링과 치유가 출판 트렌드여서 에세이 시장이 활성화되었다. 발이 넓은 정명섭 작가의 도움으로 다른 에세이 작가들을 소개받아 에세이 20권을 계약했다.

2019년 11월 1일 전건우 작가가 처음으로 쓴 에세이 《난 공포소설가》가 출판되었다. 이 책은 2022년에 대만출판사에 저작권이 수출되어 2023년에 대만 현지에서 출간되었다. 뒤이어 이어진의 《퇴근이 답》, 양수련의 《혼자는 천직입니다만》, 지영준의 《라면이라면》, 은상의 《결국 소스 맛》, 중앙일보 야구 전문기자 김식의 《나의 미러클 두산》이 출간되었다. 그런데 기대했던 것보다 에세이 책 판매가 부진했다. 나는 우리 책의 작은 판형과 만 원이 채 되지 않는 가격(9,500원)에 주목했다. 온라인 서점에서 책을 구입하려면 가격이 만 원 이상이어야 무료 배송인데, 우리 책 〈놀놀놀 시리즈〉를 구입하려면 구매자가 배송비를 부담해야 했다. 가격 결정 포지션에 실패했다는 생각이 들었다.

《난 공포소설가》 대만판

북오션에서 처음 출간한 에세이들

다시 심기일전해서 책의 판형을 바꾸고 가격도 12,000~14,500원으로 인상해 정명섭 작가의 《계약서를 써야 작가가 되지》와 김재희 작가의 《이상과 나 사이》를 출간했다. 그 후로도 도영인의 《절대 1강 전북현대》, 이형석의 《계획이 다 있었던 남자, 봉준호》, 조영주의 《나를 추리소설가로 만든 셜록 홈즈》, 홍유진의 《길고양이에 꽤 진심입니다》, 이현경의 《두근두근 내 일상의 소확행》의 출간을 이어갔다. 피아니스트 연주가 이인현의《클래식 클라스》도 출간했는데, 이 책은 2020 우수 오디오북 콘텐츠 선정작이 되기도 했다. 에세이 도서의 시야를 넓혀 프랑스 국립도서원장을 지낸 뱅상 모나데의 독서 에세이《당신의 남자를 책을 읽게 만들어 드립니다》를 출간하기도 했다.

2020~2021년에 출간된 에세이들

4.
콘텐츠 IP 전문 출판사로 거듭나다

《죽지 못한 자들의 세상에서》
(전건우, 북오션, 2022)

2021년 10월 8일부터 11일까지 부산 벡스코에서 열린 부산국제영화제 스토리마켓에 전건우 작가의《죽지 못한 자들의 세상에서》가 스토리 부문에 선정되어 참가했다. 부산국제영화제와 동시에 열리는 스토리마켓은 콘텐츠 스토리를 거래하는 판권 세일즈 마켓이다. 선정된 IP 피칭뿐만 아니라 영상, 제작업체와의 비즈니스 미팅을 통해 거래를 진행한다. 우리와 같은 출판

'2022 부산스토리마켓'에서 비즈니스 미팅하는 모습

사뿐만 아니라 웹툰, 웹소설 업체도 참가했다. 영상, 제작 업체로는 방송 3사를 비롯해 CJ ENM, 쇼박스, 메가박스, KT스튜디오지니, 메리크리스마스, 더타워픽쳐스 등 대거 참가해서 콘텐츠 제작에 맞는 작품을 찾고자 했다.

전건우 작가는 방송 경험이 많아서 그런지 피칭을 노련하게 잘했다. 4박 5일에 걸쳐서 작가와 함께 매일 비즈니스 미팅(각 30분)을 13개씩 진행했다. 피곤한 일정이었지만 다행히 두 달 만에 《죽지 못한 자들의 세상에서》에 실린 중편 〈콜드 블러드〉 영상 판권이 계약되었다. 고생한 작가에게 보상이 된 듯해서 나 역시 기뻤다. 2019년에 전건우 작가의 첫 책 《한밤중에 나 홀로》가 출간되고 꼭 4년 만이었다.

2021년에는 '부산국제영화제 E-IP마켓'이라는 이름으로 개최되었는데, 김재희 작가의 《경성 부녀자 고민 상담소》가 선정되어 참가했다. 코로나로 인해 내가 직접 참가하지 못하고 편집부장이 대신 참가했는데, 미팅을 통해 많은 영화사에서 작품에 관심을 보였다고 했다. E-IP마켓

《경성 부녀자 고민상담소》
(김재희, 북오션, 2021)

종료 후 단 1주일 만에《경성 부녀자 고민 상담소》의 드라마 판권이 계약되었다. 드라마 대본이 나오고 제작에 들어갔다고 하니 올 하반기에나 내년 초에는 드라마로 볼 수 있지 않을까 기대가 된다.

이외에도《경성 부녀자 고민 상담소》는 태국 출판사에 저작권이 수출되었고, 2022년 문학나눔 도서에 선정되어 벽지 산간에 보급되기도 했다.《경성 부녀자 고민 상담소》를 시작으로 윤자영 작가의《교통사고 전문 삼비 탐정》도 영상 판권 계약이 체결되었고, 2021년 한국추리문학상 대상을 수상하는 영광을 얻기도 했다.

앤솔러지 소설집《위층집》에 실린 윤자영 작가의 단편 〈카오스 아파트의 층간소음 전쟁〉이 영상 판권 계약이 되었고, 영화감독이 작가에게 내용 자문을 보내온 것을 보면 영상으로 만날 날이 머지않은 것 같다.《위층집》은 태국 출판사에 저작권이 수출되기도 했다.

IP 영상화 판권 계약을 위해 북오션플러스라는 이름으로 따로 사업자등록을 했다. 앞으로 영상업체와 추가 계약이 이루어질 경우 야기되는 계산서 발행 문제에 장기적으로 대비하는 게 현명하다고 판단했기 때문이다.

요즈음 OTT 드라마가 대세이다. 영화 시장이 얼어붙어 드라마가 강세를 띨 것이다. 방송사 드라마보다 OTT 드라마를 더 선호하고 앞으로 그 편향성이 더욱 강해질 것이다. 드라마나 영화를 보면 웹툰이나 소설이 원작 콘텐츠로 사용되고 있는데 OTT 플랫폼이 더 늘어가는 현실에 있어 장르 소설에 대한 수요와 소비는 더욱 증가할 것으로 보인다.

책이 안 팔리는 시대. 사람들은 활자매체에서 영상매체로 옮겨가고 있다. 네이버 검색보다 유튜브 검색을 더 많이 하고 있다. 윌라, 오디오 코믹스, 스토리텔 등 오디오북 서비스의 출현은 읽기를 귀찮아하고 감각적이고 편리한 것을 추구하는 사람들의 경향을 보여준다.

주식 책들은 종이 책에 머무르는 경우가 많다. 표와 그래프가 많으면 EPUB 전자책으로 변환하는 데 드는 비용이 비싸져서 전자책을 만들기가 어렵다. 장르 소설은 대개 단도라 제작비가 주식책의 1/4에 불과하여 전자책을 만드는 게 용이하다. 나아가 오디오북으로 출시할 수도 있다. 인기 있는 작가들은 종이책 인세보다 전자책이나 오디오북 정산 금액이 더 많은 경우도 있다. 그리고 영상 판권이 팔리면 종이책 10쇄 이상의 판권료가 한꺼번에 입금되기도 한다. 영화나 드라마가 어느 정도 흥행에 성공하면 원작인 소설들도 역주행의 판매 호조를 기대해 볼 수 있지 않을까. 2022년 화제가 된 드라마 〈이상한 변호사 우영우〉가 대박이 나니 원작 에세이집이 뒤늦게 인기를 끈 사례도 있다. 장르 소설은 당장 판매가 부진해도 미래의 콘텐츠로 투자 가치가 있다고 생각한다.

지금 나는 투고된 원고와 이슈가 될 만한 앤솔러지 아이템에 골몰하고 있다. 최근 주식과 코인에 영끌한 젊은 세대의 일그러진 자화상을 그려낸 앤솔러지 소설집《글루미 선데이 음악은 흐르고》출간을 준비하고 있다. 그리고 〈오은영 리포트- 결혼 지옥〉이라는 예능 프로가 인기를 끈다는 점에 착안해 기획했던, 결혼을 소재로 한 《트래직 매리지(가제)》라는 앤솔러지 소설집이 곧 나올 것이다.

2023년 1월에는 김재희 작가의 《흥미로운 사연을 찾는 무지개 무인 사진관》을 출간했다. 이 소설은 무인 사진관 노트에 소원을 남기면 주인공이 소원을 이루게 도와주

영상 판권 계약이 체결된 북오션 장르 소설 광고 매대

는 힐링 소설이다. 공포, 추리 소설 등의 장르 소설에서 휴먼 소설로 확장해 가고 있다.

2월 1일부터는 강남 교보문고에 IP 영상화 판권 계약이 된 도서 광고를 시작했다. 드라마, 영화 제작사들이 강남에 밀집되어 있기에 관계자들이 강남 교보문고를 많이 찾지 않을까 싶은 생각에서였다.

콘텐츠 IP 수집가로 산다는 건

2023년에는 작년보다 더 많은 IP 영상 판권 계약을 목표로 하고 있다. 3년간의 장르 소설 계약 경험과 트렌드를 배운 자신감에서다. 우선 장르 소설 신간을 매달 2~3권씩 출간할 것이다. 그리고 시의적절한 신간이 출간되면 드라마나 영화 제작사에 홍보 편지와 함께 책을 보내고 있다. 2022년 말에 시즌1이 넷플릭스에 공개되고 2023년 3월 시즌2까지 방영돼 화제가 되었던 드라마 〈더 글로리〉는 학교 폭력 문제를 다루고 있다. 2021년 한국추리문학상 대상 수상 작가인 윤자영 작가의 소설 《십자도 살인사건》(2022)도

안녕하십니까? 북오션 출판사의 박영욱 대표입니다.

최근 웨이브에 공개된 〈약한 영웅〉이 흥행에 성공했습니다. 비슷한 시기에 공개된 〈3인칭 복수〉도 디즈니플러스에 공개되어 신규 구독자를 끌어모으는 데 공헌을 했다고 합니다. 2022년 상반기에는 영화 〈돼지의 왕〉, 동명의 일본 희곡이 원작인 〈니 부모 얼굴이 보고 싶다〉가 티빙에 공개되었습니다. 이들 영화는 똑같이 학교폭력을 다루고 있지만, 왕따라는 소재의 단순함을 뛰어넘어 복합적이고 구조적인 문제의식을 보여줌으로써 시청자들의 열띤 반응을 이끌어 냈습니다.
신년 첫날에 윌라 오디오북에 공개되는 윤자영 작가님의 《십자도 살인사건》도 학교폭력 피해자인 오빠가 십자도로 수학여행을 유도해서 벌이는 피비린내 나는 살인사건을 다루고 있습니다. 윤자영 작가님은 《교통사고 전문 삼비탐정》으로 2021년 한국추리문학상 대상을 수상한 주목받는 작가이기도 합니다.
다시 학교폭력 관련 영상화가 주목받는 이 시기에 《십자도 살인사건》을 검토해 주시고 기획 아이템으로 고민해 주시면 감사하겠습니다.
지난 한 해 동안 저희 북오션 출판사에 보내주신 관심과 성원에 감사드리며, 희망찬 새해를 맞이하여 가정에 행복과 평안이 가득하시기를 바랍니다. 더불어 귀사의 무궁한 발전을 기원합니다.

감사합니다.

북오션 출판사 박영욱 대표 드림.

서울시 마포구 월드컵로14길 62, 북오션빌딩 4층 (주)북오션
T. 02-325-9172 HP. [illegible] (담당자: [illegible]) E. bookocean@naver.com

〈윌라〉의 인기를 얻은 윤자영 작가의 《십자도 살인사건》을 영상 제작업체에 홍보하다

학교폭력으로 인한 살인 사건을 다루고 있기에 책 홍보를 위해 드라마와 영화 제작사에 보냈다. 윌라 오디오북에서 2주 이상 1위를 하는 등 화제가 되었기에 어느 정도 기대해 볼 만하지 않을까.

2022년에 부산 벡스코에서 열린 부산스토리마켓과 코엑스에서 열린 콘텐츠 IP 사업화 상담회에 참가해 장르 소설 판권 계약을 체결하는 등 성과가 있던 것처럼

코엑스에서 열린 '콘텐츠 IP 사업화 상담회'에 참가해 비즈니스 미팅을 하다

2023년에도 위와 같은 행사에 참가해 성과를 내기 위해 작품들을 엄선하고 열심히 출간 준비를 하고 있다. 또한 K-Story Japan, China, Europe 등 콘텐츠의 해외 진출 사업을 추진하기 위해서도 적극적으로 나서고 있다. OTT 채널의 출현과 콘텐츠의 필요가 맞물려 출판사가 가진 콘텐츠 IP가 힘을 발휘할 것으로 믿는다.

내가 나에게 지어준 별명이 '콘텐츠 IP 수집가'이다. 처음에는 장르 소설 작가들과만 계약을 진행했다. 그러나 2021년 파주 매칭에서 우연히 시나리오 작가들과 미팅하고 그중에 한 작가와 계약하여 시나리오를 소설화하는 작업을 하게 되었다. 작품 콘셉트와 소재가 영상화하기에 적절했지만, 소설로 집필한 초기 원고는 기대했던 것과 달랐다. 여러 번의 수정 작업을 거쳐 우여곡절 끝에 나온 작품이 최종구 작가의 《암행 숙수 강철도》

《암행 숙수 강철도》
(최종구, 북오션, 2022)

였다.

책 판매량은 예상보다 저조했으나, 다행히 드라마 영상 판권이 계약되었다. 작품이 영상화되면 흥행해서 책 판매에도 영향을 미칠 것으로 기대하고 있다. 이 경험을 바탕으로 2023년에도 PGK 창의인재 비즈매칭 등을 통해 시나리오 작가와 계약을 추진하고, 한국콘텐츠진흥원에서 운영하는 스토리움에 올라온 작품 중 소설로 출간하기에 적합한 작품이 있는지 찾고 있다.

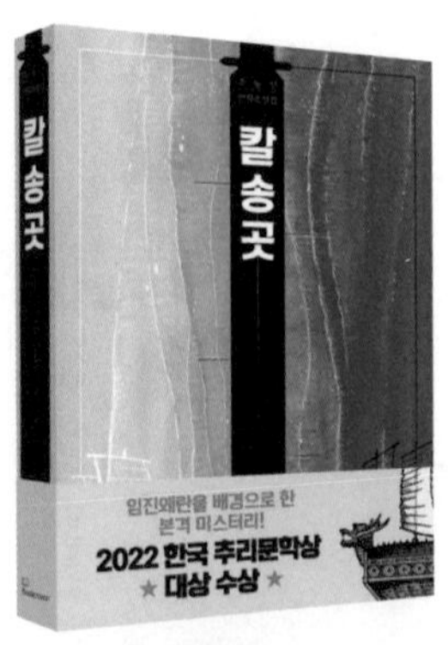

《칼송곳》
(조동신, 북오션, 2022)

2022년 12월에 동교동에서 열린 한국추리문학상 시상식에 참석했다. 북오션 출판사에서 출간한 《칼송곳》이 한국추리문학상 대상에 선정되었기 때문이다.

2021년에도 북오션에서 출간한 윤자영 작가의 《교통사고 전문 삼비 탐정》이 한국추리문학상 대상을 받았으니 2년 연속 한국추리문학상

대상 작가를 배출한 출판사가 되었다. 당시 최필원 작가(이자 번역자)가 《바그다드》로 계간 미스터리 신인상을 받았다. 2022년에 우리 출판사는 이미 최필원 작가와 단편집과 장편소설을 계약한 바 있다.

종이책 판매가 부진한 상황에서 OTT 드라마의 인기는 갈수록 높아지고 있다. 넷플릭스에서 방영된 〈오징어 게임〉이 공전의 히트를 기록하면서 K-드라마 콘텐츠가 세계에도 통한다는 것을 보여주었다. 그래서 트렌드에 맞는 장르 소설을 기획하고 출간하는 데 더욱 힘을 쏟고 있다.

한 권의 소설은 콘텐츠 IP로 무한한 확장성을 지닌다. 큰글자책, 전자책, 오디오북, 그리고 드라마나 영화 콘텐츠로도 재생산될 수 있다. 따라서 장르 소설 작가들과 기획 회의를 진행하며 다양한 아이템을 찾고 있다. 그중의 하나가 쿠팡플레이, 넷플릭스, 웨이브, 티빙, 디즈니플러스 등 OTT 플랫폼을 활용하여 다양한 소재의 드라마를 찾아보는 것이다. 앞으로 장르 소설의 발전과 확장성이 더욱 기대된다.

청소년 소설에 도전하다

2022년 4월에 첫 번째 청소년 소설《방과 후 복수활동》을 출간했다. 또 다른 도전이었다. 출판사 로고도 ☆Bookocean으로 할 만큼 의미를 두었다.《방과 후 복수활동》은 청소년 학교폭력을 다룬 앤솔러지 소설집이다. 집필에 참여한 윤자영, 장우석 작가는 실제 고등학교 선생님으로 학교 현장에서 겪은 체험을 소설화한 것이다. 청소년 소설에 도전한 것은 장르 소설보다 시장이 넓어서였다. 청소년 소설은 학교 도서관이나 지역 도서관에 추천도서로 채택될 확률이 높다.《아몬드》나《시간을 파는 상점》,《완득이》처럼 청소년 필독도서로 채택하여

북오션 청소년 앤솔러지 소설집

수업 시간에 읽히기도 한다. 《방과 후 복수활동》에 이어 고3 학생들의 심리를 다룬 《어느 멋진 날》도 출간했다. 그리고 2023년 3월 중1 학생들의 발랄한 감성을 모은 《올해 1학년 3반은 달랐다》도 출간되었다. 그리고 그 감성이 통했는지 바로 재쇄를 찍었고 순항 중이다. 그리고 4월에는 정구복 선생의 첫 청소년 장편소설인 《명륜고 MBTI 상담실》이 출간되었다. 현직 교사의 시각에서 쓴 작품으로 반응이 좋아 곧 재쇄를 찍을 것 같다. 곧 이어 사춘기 청소년들의 심리를 다룬 《너의 MBTI가 궁금해》가 출간된다. 기대가 된다. 앞으로도 10여 권의 청소년 소설이 더 출간될 예정이다. 청소년 소설은 장르 소설보다 독자 타깃이 명확하다. 중·고등학교 학생들에게 맞는 작품들을 차별성 있는 테마로 출간하면 가능성이 넓어 보인다. 앞으로 계속 청소년 소설을 출간하기 위해 소재 발굴에 힘쓸 것이다.

《너의 MBTI가 궁금해》
(조경아·정명섭·정재희·최하나, 북오션, 2023)

출판의 미래는 어디로 향할까

2023년 3월부터 온라인 서점들이 책 구매 시 무료배송 기준 금액을 만 원에서 만오천 원으로 인상했다. 코로나 팬데믹으로 인해 비대면이 일상이 되면서 집에 있는 시간이 늘자 온라인 서점을 통한 도서 구매량이 이전보다 더 늘어나 이익을 많이 냈다고 한다. 그런데 온라인 서점들이 일제히 무료배송 기준 금액을 인상하자 인터넷 서점 주문량이 확실히 줄어들었다.

평균 책값이 15,000원 정도인데, 정가에서 10% 할인된 금액으로 구입하려면 배송비를 부담해야 한다. 배송비를 아끼려면 책 2권을 구입해야 하기 때문에 확실히 주문량이 떨어질 수밖에 없다. 책은 필수 소비재가 아니기에 그나마 남아 있던 독서 인구수가 감소하지 않을까 걱정된다. 책 주문량이 줄어들면 출판사들이 계속 책을 출간하기가 어려워진다. 책 판매를 대행하는 온라인 서점도 책이 있어야 판매할 것이 아닌가? 무료배송 기준 금액을 인상한 것은 장기적으로 볼 때 그리 현명한 전략이 아니다.

2011년에는 신문 구독률이 44.6%였는데 9년이 지난

2020년에는 겨우 8.9%에 불과했다. 네이버에서 주요 신문 기사뿐만 아니라 주간지, 월간지까지 랭킹별로 정리해 주고 있다. 한눈에 주요 매체를 다 볼 수 있어 편리하긴 한데 이러다 종이 매체가 다 없어질까 봐 심히 걱정이 앞선다.

국민의 1년 독서량도 해마다 줄어들고 있다. 이러한 경향은 책의 존재를 위태롭게 한다. 오늘날 전국 서점들은 1998년 IMF 시절에 비하면 겨우 1/3 정도 살아남았다. 직거래 서점들은 부도가 아닌 자진 폐업을 하고 있다. 책 판매가 부진하고 임대료를 내기 어려우니 서점을 폐업한다고 책들을 수거해 가라고 한다. 건물주가 서점을 운영하는 경우 1층 서점은 임대료 높은 업종에 넘겨주고 위층으로 옮겨 힘겹게 이어가기도 한다. 직거래하지 않고 북센이나 교보문고와 일원화 계약을 맺기도 한다. 이러다 몇 년 뒤에는 온라인 서점과 대형 도매상만 남을지도 모른다. 불현듯 광화문 노른자 땅에 있는 교보문고가 문을 닫는다면 어떤 일이 벌어질까 심히 염려된다.

책을 읽는 사람들은 줄어드는데 자기 책을 내고 싶은 사람들은 넘쳐난다. 그래서인지 인터넷에는 글쓰기 유료 강좌가 비일비재하다. SNS를 통해 자기표현에 익숙해지다 보니 책을 통해 자기 생각과 인생 경험 등을 표현하고자 하는 것일까? 매주 월요일이 되면 신인 작가들의 원고 투고 메일이 많이 온다. 그중에는 검토할 만한 원고도 있어 미팅 후 계약을 진행하기도 하나 대부분 잊힌다.

20년 전에는 기본적으로 책 출판 부수가 3,000부였다. 서점이 1/3로 축소되었으니 신간을 1,000부 찍는 것도 당연하다. 게다가 재쇄를 찍는 비율이 10%가 안 되니 아마 몇 년 후에는 초판을 700부 찍는 시대가 도래할지도 모르겠다.

아놀드 하우저(Arnold Hauser, 1892~1978)는 그의 저서 《문학과 예술의 사회사》에서 선사시대부터 대중영화의 시대까지 아우르며 예술이 시대와 사회관계 속에서 빚어진 산물이라는 관점을 보여준다. 하우저의 견해에 따르면, 대중의 관심이 활자 매체인 책에서 영상 매체인 OTT 플랫폼으로 옮겨가는 것도 사회관계 속에서 빚어진

필연적인 산물임을 깨닫게 된다.

최근 MZ세대는 네이버 검색보다 유튜브 영상으로 검색하는 것이 더 익숙하다. 그렇다면 오늘날, 책은 우리에게 어떤 의미가 있을까? 독자 수는 갈수록 줄어들고 있는데 출판 발행인으로서 나는 왜 계속 책을 출간해야 할까? 책을 거의 매주 내면서도 나는 아직 그 고민을 멈추지 않고 있다.

| 에필로그 |

서른 살에 장교로 전역한 후 출판계에 입문한 지 벌써 27년이 흘렀다. 출판사 편집자에서 번역 에이전시 대행, /OPTION/에이전시 운영, P&P디자인 회사 운영, 캐릭터 〈책먹는 고양이〉 사업, 북오션 출판사와 깊은나무 출판사 운영, 유튜브 〈쏠쏠TV〉와 〈쏠쏠라이프TV〉 운영, 그리고 콘텐츠 IP 수집가에 이르기까지 그동안 쉼 없이 달려왔다.

보증금 없는 월세 7만 원짜리 사무실에서 시작해 어느덧 북오션 출판사 대표이자 세입자에게 월세를 받는 건물주가 되었다. 지금까지 만나서 인연을 맺은 사람들은 이 책에 등장하는 것보다 훨씬 많지만 대부분 출판업계에 현

27년간의 출판 경력을 보여주는 다양한 명함들

역으로 있기에 가급적 언급을 자제했다.

이 책은 자서전이라기보다는 자전적 에세이에 가깝다. 이렇게 기록해 놓지 않으면 내가 그동안 출판인으로서 걸어온 길이 기억에서 희미해져 가는 게 안타까워 책을 집필하게 되었다. 언젠가 나와 같은 출판인의 길을 걷게 될지도 모를 딸들에게 들려주는 경험담이기도 하다. 내가 경험한 것들이 출판계에 있는 젊은 후배들에게 작은 도움이라도 된다면 영광으로 생각하겠다.

나는 앞으로 어떤 출판인이 되어야 할까? 아버지로서 두 딸에게 부끄럽지 않은 책을 계속 만들고 싶다. 그래서 앞으로 장르 소설에서 본격 순수문학으로 출판 지형을 넓혀갈 예정이다. 구독자 3만 명인 유튜브 채널 〈쏠쏠TV〉, 〈쏠쏠라이프TV〉도 포기하지 않고 계속 운영해 나갈 예정이다. 나는 성공한 출판인은 아니다. 하지만 다양한 출판의 시도는 후배들에게도 열린 가능성을 보여주었다고 생각한다. 출판이 운명이라고는 말할 수 없지만, 오직 출판인으로서 한 길만 걸어왔기에 누구보다 최선을 다해왔다고 말할 수는 있다.